逝影冰山

陈平沙 ——

著

九州出版社
JIUZHOUPRESS

图书在版编目（CIP）数据

逝影冰山/陈平沙著.—北京：九州出版社，
2024.5

ISBN 978-7-5225-2887-8

Ⅰ.①逝… Ⅱ.①陈 Ⅲ.①中国文学—当代文学—
作品综合集 Ⅳ.①I217.2

中国国家版本馆CIP数据核字（2024）第092219号

逝影冰山

作　　者	陈平沙　著	
责任编辑	姬登杰	
出版发行	九州出版社	
地　　址	北京市西城区阜外大街甲35号（100037）	
发行电话	（010）68992190/3/5/6	
网　　址	www.jiuzhoupress.com	
印　　刷	天津中印联印务有限公司	
开　　本	880毫米×1230毫米　32开	
印　　张	6	
字　　数	92千字	
版　　次	2024年5月第1版	
印　　次	2024年5月第1次印刷	
书　　号	ISBN 978-7-5225-2887-8	
定　　价	49.00元	

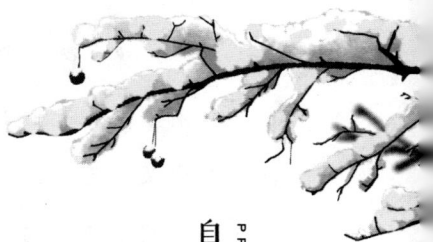

2013年的夏至，玉林举办狗肉节。听说玉林狗肉节杀了一万只狗，再看到当街杀狗的残忍，更觉得难以接受，就写了一首自以为是七律的藏头诗。

从那天开始，我忽然对写诗产生了兴趣，于是写了很多自认为是格律诗的东西，发布到网络。有网友留言，你按格律写多好啊，把我说得有点蒙。直到又有一个网友告诉我，可以去"诗词吾爱网"看看。我看了以后，才知道什么是格律诗、什么是填词。于是，我把以前写的"诗"按格律规范统统改过，此后就按照格律写了。

后来，我又开始填词。一开始用的是词林正韵，但写格律诗时用的是中华新韵。除格律诗词外，我还写现代诗。接着，又开始写散文，把自己过去的一些经历写成文章，甚至还有了把我的格律诗词放入小说的想法。于是，我借用中国古代传说里的人物，构思了两个短篇神话小说。

就这样，写作变得一发不可收。写的东西多了，就有了结集成册的想法。第一本书叫《平沙日落集》，从属于某文艺探索类的丛书。后面，我又把《平沙日落集》中用中华新韵写的格律诗都改成平水韵，稍做润色后，出版了单行本《逝影冰山》。接着又连续出版了两本书，分别是《四季的沉思》《远航》。近年，我开始尝试创作小说，就有了小说集《光年》。

2024年，在距离《逝影冰山》首次出版七年后，我决定对《逝影冰山》进行修订再版，希望大家能够喜欢。

是为序。

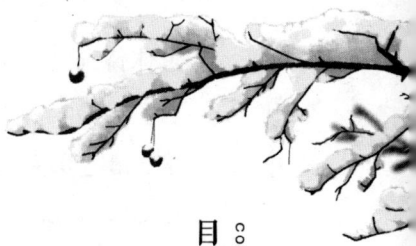

目录

现代诗

忆江南的雨 _ 003

胡　杨 _ 005

冰　山 _ 007

消失的蝴蝶 _ 009

飞　翔 _ 011

逝　影 _ 013

在海边 _ 015

你的诗叫诗歌 _ 017

花开的时候 _ 019

你如此的美丽——献给喀纳斯湖和世上与之同样

　　美丽的湖 _ 021

心　冷 _ 023

古体诗词

咏　唐 _ 027

汉歌行 _ 029

高祖歌 _ 031

国庆阅兵歌 _ 034

念奴娇·珠峰怀古 _ 036

沁园春·泰山 _ 037

沁园春·蓬莱阁 _ 038

沁园春·西湖 _ 039

沁园春·香山 _ 040

沁园春·还乡 _ 041

沁园春·敦煌 _ 042

沁园春·禾木一日 _ 043

水调歌头·古北口长城 _ 044

水调歌头·卢沟桥 _ 045

沁园春·莲颂 _ 046

满江红·秦始皇 _ 047

念奴娇·圆明园 _ 048

钗头凤·邻家小园 _ 049

赞张家界 _ 050

赞黄山 _ 051

咏凤凰 _ 052

望珠峰 _ 053

西　湖 _ 054

蓬莱阁 _ 055

新疆国道行 _ 056

喀纳斯湖　057

白哈巴秋景 _ 058

布尔津 _ 059

敦　煌 _ 060

龙脊清晨 _ 061

归　乡 _ 062

祁连山 _ 063

辽沈战役 _ 064

淮海战役 _ 065

平津战役 _ 066

渡江战役 _ 067

开国大典 _ 068

沁园春·沁园春色 _ 069

满江红·远航 _ 070

水调歌头·中秋 _ 071

04

逝影冰山

浪淘沙·密云水库 _ 072

鹊桥仙·七夕 _ 073

一剪梅·冬梅 _ 074

忆秦娥·坝上骑马 _ 075

忆秦娥·郊游 _ 076

临江仙·秋思 _ 077

鹧鸪天·秋霾 _ 078

雨霖铃·湖边小坐 _ 079

题柳荫公园 _ 080

诗韵两首 _ 081

后海夜景 _ 082

叹江南连阴雨 _ 083

歌太史公 _ 084

始皇歌 _ 085

赞大运河 _ 086

隋炀帝歌 _ 087

孟德歌 _ 088

辛亥感怀 _ 089

问　孔 _ 090

九一八 _ 091

读杜翁茅屋歌笑谈 _ 092

叹渔郎 _ 093

文字狱 _ 094

李　广 _ 095

伤　秋 _ 096

无　题 _ 097

散　文

贵州散记 _ 101

第一个读者 _ 108

我所遇到的三个"雷" _ 112

西安往事 _ 116

光之韵 _ 123

四季的沉思 _ 138

小　说

湘黄传奇 _ 149

共工的传说 _ 160

漓边小筑 _ 172

现代诗

忆江南的雨

滴落了

是灰瓦屋檐的雨

烟色的扶栏

散出木的香

包围着

浓得已挂不住

是墨色的叶

青色的枝

轻柔的风里

疏一阵，紧一阵，

正思虑间

不经意

已变成蒙蒙的雾

细细的丝

坐在北方的阴天里

忽然想起南方的雨

不似倾盆

还似低语

面前的茶

也有经年的气息

还忆起江南的雨

湿的是地

润的是心

胡　杨

在大漠深处

你们是孤独的一群

聚集在一起

忍受着天的风沙

和地的干涸

秋天的时候

为大地带来

无尽的瑰丽和色彩

坚韧感动了世人

世人为你们歌唱

歌唱你不屈的身躯

和美丽的秋影

然而

三千年不死

三千年不倒

三千年不朽

也不过一万年的光景

纵使胡杨般顽强

也会被时光的年轮

销蚀去最后的踪影

冰　山

冰山漂浮在

极地半岛的海湾

巨大坚硬

沉默冰冷

却又洁白无瑕

剔透晶莹

是你的融化

汇成了海洋

天空才有了雨雾

大地才有了甘霖

田野才得到灌溉

万物才有了生命

还忆起你

天边的海云

不知道你今日

飘荡在何方

但愿你已作雨

化作一潭清池

梦里是昨天

和你在一起

拥抱冰山

我要用这冰山

融化你那颗

滚烫的心

消失的蝴蝶

静静走在公园的石板路上

耳边是啾啾的鸟语

眼前有碧绿的草坪

四周围浓浓的密树

地上正鲜艳的花丛

小河静静地流淌

河边是玫瑰的靓影

木桥朱红的木栅

水中楼台的倒影

垂柳在风中摇动

芦苇于水畔轻盈

蓝天白云是如此的高远

阳光沁满大地和身心

树上一阵蝉叫

把我从遐思中惊醒

我想起了消失的蝴蝶

还有儿时捕到的蜻蜓

飞　翔

断开句子

抹去标点

张开翅膀

以蜗牛的速度

飞向大洋彼岸

不需要补充能量

不需要补充水囊

只要风还在

就能在天空

自由地翱翔

在赤道的无风带

鼓动几下双翅

就能够升起

升起到白云以上

向着遥远的彼岸

尽管没有彼岸

只要飞翔就会

只有飞翔

逝　影

当记忆的影子

逐渐消逝

我彷徨的脚步

不知道迈向何方

我选择走向未来

而路却通向已往

在五维的空间里

已分不清过去和未来

而我却活在当下

我需要一支笔，一个本

不要最新款的手机

和笔记本电脑

记下这点点滴滴

好让我在将来

不会再把

过去的未来遗忘

在海边

在海边与你

一起的日子

近十月

已无人

风还和煦

那个下午

两个人的酒吧里

一起跳舞

都戴着

印第安人的面具

你戴对了

而我却把它反戴

弄帆的时候

我像个水手

把船驶向远方

那蓝色的海

金色的岸

再起秋风的时候

已难见你的身影

也难闻你的音讯

到现在只留下一些

默默的回忆

没有伤心

你无情

我难有意

你的诗叫诗歌

你的诗叫诗歌

是诗，也是歌

你让诗能轻轻地吟唱

你让歌能默默地诵读

你不会写歌

因为你不识五线谱

但只要心中

有优美的旋律

就能唱出

最动人的妙曲

你不会写诗

只要心中的河

静静地流淌

就能汇成

诗的细雨

花开的时候

花开的时候

月球上却出现了环形山

而捕鱼的人

收获了一袋袋青苹果

这是不是在梦里

梦里才有的记忆

观音的脚下

出现一只老虎

上帝却把它

变成一只绵羊

蚊子想吃鱼的时候

得到的却是

一袋话梅

而水牛正在咀嚼

金字塔里面的砖

有人问我

你到底在说什么

我其实

什么也不想说

只想写一首

自己也看不懂的诗

就像是一首

无词的夜曲

你如此的美丽

——献给喀纳斯湖和世上与之同样美丽的湖

你如此的美丽

超出我的记忆

似我少年时的憧憬

在湛蓝的天空下

婀娜多姿，亭亭玉立

站在你身边我仔细地端详

静卧在自然怀抱的你

成熟而饱满

线条优美，形容剔透

却富有青春的气息

温柔而多情

又饱含热烈的风韵

你头上的花冠

色彩斑斓

少女般的肌肤

柔滑而温润

你如此的美丽

依偎着高山

伴随着草地

鲜花围绕着你的玉体

把你装扮得五彩神奇

你如此的美丽

白浪翻腾，清澈如洗

听你潺潺的水声

如音乐般动情

荡漾的绿波

似琴弦上跃动的旋律

你如此的美丽

秋天的湖泊

上帝遗落人间的碧玉

心　冷①

心冷了，血热了
为何会有这般的感觉

没听到那哭泣的呼喊
却看到那冰凉的小手
不闭的眼睛

都说孩子是祖国的花朵
为何这花朵如此的凋零

---

① 2013年6月，两个南京女孩，三岁的李梦雪和一岁的李梦红，由于父亲
入狱，吸毒的母亲又对她们弃之不顾，被活活饿死。作者有感而发作
本诗。

我不知道如何拯救

我不知道如何发声

但愿能得到答案

但愿这悲惨的故事

是最后的一章

古体诗词

咏　唐

大唐开盛世，百世皆仰景。

贞观以为治，盛世以为初。

但见刀光影，声动玄武门。

建成何罪有？血洒在宫门。

又见西门外，三千血成河。

盛世何所见？昙花且一现。

花落匿无踪，却向史间寻。

故纸书锦绣，鸿儒作画图。

锦绣不可见，画图不可临。

紫禁无所影，春城无柳荫。

唐歌三百首，首首不见踪。

但见石壕吏，还闻卖炭翁。

宣城问太守，丝贵夺人衣。

德高韦刺史，流亡愧俸钱。

宫深千门户，百姓一草庐。

侯门万金土，寒士一文多。

豪家千顷地，农者无一锥。

但凭手与背，汗湿犁边土。

高楼笙歌夜，道旁乞丐怜。

朱门饮美酒，白骨现雪中。

故国三万里，万里充画饼。

边亭成血海，哭断咸阳桥。

秦兵耐苦战，被驱犬和鸡。

兵车出塞去，旌旗满尘埃。

岂道胡天外，单于雪夜来。

夜来披甲迟，马革不裹尸。

万千孤魂魄，葡萄入汉家。

秋娘肠已断，白发入鬓哀。

娇儿已做父，不见人归还。

儿将边塞去，媳又做秋娘。

幻境无常事，叹息空自悲。

兴亡百姓苦，古道且当知。

汉歌行

何为盛世？当之以歌。

繁华都郡，荒凉村埠。

高檐笙曲，茅屋犹破。

青楼美酒，衣食不裹。

富有千顷，农做佣奴。

士高昶咏，民不识丁。

宫出七燕，何人所筑？

岂无青壮，家劳妇孺。

豪当足廪，贫无隔席。

如灾大饥，鬻女难过。

征为良马，殇为兵卒。

谁无父母，更有妻儿。

弃骨大漠，将返无功。

晟如昙花，独晨一现。

夫歌盛世，盛之为谁？

帝胄亲眷，高官显贵。

皇家几室？大夫几若？

豪强几数？士绅几何？

泱泱大众，乃视蝼蚁。

青简黄帛，民如弃土。

若生武时，还祈神佑。

当做贵介，勿做草族。

身如兵士，命丧边亭。

或作劳役，苦累愁肠。

宫娥官宦，唯声诺诺。

浩瀚历史，读且当思。

不作痴念，还原本质。

高祖歌

出身亭长无家厚，
不善商贾厌农桑。
聚友萧曹卢绾众，
沽酒村店账犹赊。
斩蛇芒砀情非已，
举兵丰沛岁还长。
子房初从明主遇，
怀王识人汉将兴。
关中既下秦军破，
子婴系颈伏道旁。
约法三章民心向，
舞剑鸿门项王骄。
引军汉中志已定，
拜将韩信羽翼强。

明修栈道瞒天计，

暗度陈仓大军还。

四年征战常败绩，

弃子还赖夏侯怜。

纪信救主荥阳泪，

萧何助汉子侄征。

鸿沟烹父杯羹笑，

汉界虽定未罢兵。

十面埋伏垓下阵，

四方楚歌霸王哀。

虞姬伤别乌骓逝，

自刎乌江羞向东。

征伐七载乾坤定，

高祖称帝汉业成。

宫起未央堪壮丽，

殿作麒麟势威严。

长安宫中百官贺，

齐鲁吴越几王封。

萧相雄才无为治，

百姓乐业万民欢。

承明殿里妃子笑，

云梦泽边韩信惊。

社稷虽刘难安定，

群雄数起动刀兵。

高祖亲身平叛乱，

天下终安披箭创。

十年沛公归故里，

身衰体弱鬓如霜。

乡邻同席日日醉，

父老同坐半月伤。

击筑而歌悲声起，

声动地兮势感天。

龙翻怒海闻之动，

凤舞九天泣难鸣。

大风起，云飞扬。

歌罢忽已泪沾裳。

英雄迟暮心犹壮，

咏成千古气流芳。

国庆阅兵歌

十月金秋天更蓝，

广场辽阔世无双。

红旗猎猎迎风乱。

层楼紫禁最庄严。

万千人民翘首望，

犹望三军已阵严。

军旗一面为先导，

三军护卫是英豪。

无边方阵动地来，

军装各异气无差。

概压天兵还抖擞，

李靖犹自且搓手。

刺刀闪闪如雪刃，

枪口莹莹寒光冷。

喊声阵阵意气高，

声声嘹亮冲云霄。

飒爽英姿女儿装，

木兰也不输男儿。

天空阵阵惊雷滚，

战机列阵向西行。

苍鹰展翅俯大地，

还向九霄冲天云。

雷声震落云中鹭，

巨阵划破漫天青。

机声隆，迷彩斑，

战车整齐向前方。

铁马钢龙猛虎进，

排山倒海势难当。

车队成行无穷尽，

战士威武列阵林。

绿色长龙铁流过，

飞弹直指是长弓。

昂首向天人神惧，

身躯伟岸气如虹。

军威最烈无人窃，

河山再不怕人欺。

古体诗词

念奴娇·珠峰怀古

玉峰西柱，不曾有，先古人何曾共。柱在天沿，才正是，工触山亡地恸。断壁森森，冰刀雪刃，欲至心惊悚。风雕霜刻，竟成天下王耸。

还忆公主生时，赞身亲去了，如花仪凤。锦帽貂裘，还忆到，从此红宫千纵。释地千寻，多西路去者，最齐穹拱。都随同愿，此生非枉如梦。

沁园春·泰山

东去敖宫，齐鲁福祉，五岳推宗。溯红门幽径，苍松叠翠；步云桥畔，飞瀑流淙。坊过升仙，天梯陡险，十八盘旋心惧忡。绝高处，见云烟翻覆，似有龙从。

古多圣者亲躬，又君主，尽临此述衷。遇孔丘登处，斯人独步；秦皇禅地，至位孤封。玉顶称名，山为最大，百代湮时势气同。转眼过，再看千年后，还立秋风。

沁园春·蓬莱阁

势高临风，翠阁琼宇，画栋回轩。看八仙过海，神
通各异；瀛民现世，胜境千峦。玉酒延年，蟠桃添寿，
饮过灵芝赠客还。哂微罢，欲共之不老，作此痴言。

闲来静坐廊弯，观沧浪，白鸥飞戏澜。见海街奇景，
人来车往；蜃楼幻象，塔秀亭妍。若梦浮生，渔梁当钓，
忽闻芦声似子闲。登高望，踏歌连掌处，唱和蓝欢。

沁园春·西湖

　　水系春秋，山连吴越，名成浣施。过雷峰塔下，荷香花浅；苏堤柳岸，英落桃菲。贞女犹悲，断桥纷雨，梦逝千年心泪漓。伤怀过，到观鱼花港，鲤做丹池。

　　转来六和山遗。观古塔，巍巍气韵驰。客小村旧落，闻名远近；树婆娑处，素手红衣。钱水江边，潮如虎啸，两岸飞虹渡逦迤。齐聚首，兴湖临高阁，鱼酒欢辞。

沁园春·香山

　　群卧西边，碧陇苍翠，泊境深幽。谛晨昏鸣鹊，莺啼婉转；葱茏花涧，潺喘溪流。蜿绕台阶，峰愁鬼见，亿顶临风眺远周。时天晚，望西沉红日，霞晕飞浮。

　　秋来气爽情遒。招宾客，如林携眷游。遍满山红叶，丹流绝染；蒸丘云蔚，一望无收。古寺清风，碧云卧佛，古柏青松郁色稠。红墙重，对晨钟暮鼓，上善千秋。

沁园春·还乡

湘江茫茫，白帆不见，梦忆难圆。立天心阁上，黄忠已老；中山路侧，桐茂正萱。清水塘边，故楼犹在，往事依稀过眼看。年华去，已旧城新貌，月照繁轩。

流连橘子洲前。看鸥落，滔滔逝水烟。过书斋岳麓，弦歌尚悦；红亭爱晚，枫叶才丹。义老吟时，忧思霞艳，今古同情此景潸。临白鹤，望一泉清凛，寿运飞仙。

沁园春·敦煌

古道丝绸，当年重镇，繁华锦州。到鸣沙山顶，闪如金脯；行弓脊线，卧若长虹。清月牙泉，林洲阁殿，碧水千年映垄沟。堪辽阔，借舟为驼力，看尽荒丘。

莫高窟洞还幽。逝流岁，残墙韵更修。见飞天神女，风姿飘逸；反弹琵舞，技艺优柔。彩塑辉煌，庄严大众，今日犹生与客酬。阁九筑，仰巍峨耸立，佛境心留。

沁园春·禾木一日

信马随鞍，丝缰不羁，蹄步逍移。过波涛欢悦，木栏桥短；遥峰苍郁，雾帐清辉。小径山边，心惊犹陡，且赖知途好俊嘶。顶峰至，见阔如平陆，鞭纵飞骑。

午过天灿云稀。并行伴，共游远道陪。寂丛深白桦，霜添绚丽；河清水畅，锦织林迤。垂钓悬丝，不为鱼迄，坐看溪流闻鸟啼。晚归驿，已羊蔬俱备，酒热神怡。

水调歌头·古北口长城

绵亘附丛岭，陡峭仁青巅。阅了多少兴败，艰险似从前。古郭都湮尘色，劲草全围纵壁，应适忆流年。逝水隘关月，无尽数烽烟。

是当日，除外寇，斩酋顽。刃霜血溅，枪洞犹在故城砖。遥瞩山光云渐，绿满峰峦层苒，塞外好风天。旧垒还坚忍，魂与共轩辕。

水调歌头·卢沟桥

波漾永河水，石拱卧春涟。玉栏镌刻铺就，威武石狮圆。晓月中秋凉后，不语清风细柳，西望瞩燕山。长架贯南北，风韵几多年。

炮声起，倭猥至，战云绵。壮心饮恨，良将几陨大都前。烽火经年除灭，旧忆犹存难缺，对月抚桥栏。最是通今古，烟雨逝长天。

沁园春·莲颂

滟滟莲花，夏至而观，绿叶荷疏。艳红而不娆，皎而不素；勿争其貌，勿媚其肤。无乱人歌，无惊花妒，风舞而轻雨露珠。清波动，有采莲渔女，桨荡舟湖。

青泥出尚不污。饮浊水，朝朝还净好。是内心至洁，不为势黜；娇躯虽弱，不畏霖濡。舜为擒龙，九嶷仙卒，娥女湘妃携至涂。洒竹泪，寄魄于莲久，万世不除。

满江红·秦始皇

伟绩勋丰，堪可比，大皇彼得。韬略富，志宏才霸，气刚悍质。横扫六帷平海内，尽将华夏归秦室。帝千古，首一统轩辕，君功毕。

从颉字，齐轨隙。开郡县，同标刻。令匈奴骇惧，万里城立。坑术焚书何足论，朱明乾陛殊难匿。望长安，忆列阵雄兵，车林戟。

念奴娇·圆明园

冷风吹皱，绿波起，清凛池中寒水。吐蕊桃花，樱已绽，犹是初春淡季。断壁颓垣，高台败柱，若隐先时美。雕镌铭刻，诉来除岁之耻。

图现康帝乾时，三园繁锦处，琼楼千旖。碧漾微澜，还有那，春玉西楼花陛。趣景喷泉，如今只剩得，破碑残砌。情怀悲忆，立于前日龙地。

钗头凤·邻家小园

　　青青草，花多好。小恬邻近清晨早。清波漾，喷泉畅。百花嫣滟，鸭群游荡。漾，漾，漾。

　　经弯道，又喷岛。绿林新剪丛丛妙。维仙像，普罗壮。欧风流派，恍如西尚。尚，尚，尚。

赞张家界

绿在石中岩作岭，

天门一洞到天穹。

青峰碧寨春时冷，

紫陌清溪夏意融。

钟烈不擒持斧魅。

鲁能何又镂崖工？

再嗟难画无颜色，

良叹投毫绘未终。

赞黄山

二峰巍耸瀑泉湍，
石隐云山雾现峦。
松岭难能栖月露，
游人有幸到天寒。

咏凤凰

沱江悠远到湘边，
晓照桥廊日映船。
绿水无声诗有韵，
轻楼有黛画无朒。

望珠峰

玉剑森森向宇銮，
冰锋雪刃北枢寒。
羿如当日身来此，
帝自还娥药兔欢。

西　湖

春至江南暮雨楼，

西湖水畔绿荷舟。

苏堤柳岸桃花落，

雾润情衣影更幽。

蓬莱阁

绝壁凌空升画栋，
琼轩叠座绕回阡。
八仙秀舞神通异，
西母临山雾岛烟。
海市翻云行客隐，
蜃楼浮水闹居连。
坐观鸥燕随波浪，
似有芦声若子跹。

新疆国道行

秋至天清气候凉，

车行国道少人忙。

云长万里蓝空瑟，

葵壮千顷阔地黄。

数亩红花颜色艳，

半畦瓜落味芬芳。

驱驰一路时停驻，

夜梦犹闻酒馔香。

喀纳斯湖

树密如青幔，

河清似翡寒。

山高无绝壁，

雾漫有仙滩。

临水闻珠浪，

登峰见碧澜。

秋霜前夜后，

岗上遍红峦。

白哈巴秋景

天青如海沁，

林魅似虹斓。

绿地稀民舍，

围栏有野间。

黄牛怡自卧，

白马悦群闲。

日尽晖犹晟，

溪边牧已还。

布尔津

边城宁静街途净，
天朗清新百卉鲜。
五彩河滩如夜话，
七虹楼景似童篇。
门庭客络商琳富，
摊伴人流乐韵连。
市晚灯辉声鼎沸，
俄婆烤炙酒香绵。

敦　煌

大漠孤城古道湮，

明珠璀璨落西沿。

情连丝路恩犹重，

梦逝花霖意更牵。

百代鸣沙嘶断响，

千年月半映离泉。

莫高幽洞人间慕，

神女飘衣九宙翩。

龙脊清晨

夜宿山中成睡晚，

晓晨推户雾绵绵。

梯田百绕朦胧现，

龙脊千弓水墨烟。

黛远凭楼坡势敛，

草临窗下气清然。

闲门行伴时还早，

谈笑游途已仲天。

归　乡

别去流年旬数载，

近乡果有怯乡忡。

湘江如故清如镜，

岳麓非今绿似朦。

两岸繁花无尽柳，

一山青树万千枫。

置肴老友何为兴，

举酒亲朋醉意同。

祁连山

祁连不断雪峰峦，
西进沿途宿迹阑。
山远云稀无绿色，
地辽石碣短河湍。
归鸿南去秋鸣咽，
征马西行铁骑寒。
犹忆赤军鏖战日，
硝旗故垒角声残。

辽沈战役

锦州墙外万千兵，

塔阵成河壁垒横。

孤郡克降春邑惧，

泽生举义桂庭诚。

辽西血战擒衰旅，

建楚难逃落将缨。

乘胜挥师临沈下，

破城之日奉天晴。

淮海战役

中原大地风云起，

野战雄军似虎姿。

碾镇河边韬命断，

徐州城路乱兵迟。

双堆垒外飘愁雪，

陈阵村前没败师。

功略俱为韩信右，

百年犹颂粟勋时。

平津战役

坝上奇谋围力旅，

强援被陷主官亡。

津门不守丢盔败，

捷帅难堪束手琅。

十万京城成困兽，

千阶紫禁惧殃伤。

傅公简朴明深义，

红帜飘扬遍赤墙。

渡江战役

扬子江边春意晚，

千帆竞渡遍红缨。

东连澄郡昌城远，

西去庐峰夏邑行。

魏武不曾无尽阵，

周郎岂对炮声鸣。

三军过处风吹叶，

指日金陵落往旌。

开国大典

百年钟鼓遥相默，
静待隆隆礼炮声。
旗帜漫飘如浪涌，
人民雀跃似波泓。
三军列阵徐徐过，
战马昂扬少作鸣。
领袖湘音环宇宙，
火铺银汉夜空明。

沁园春·沁园春色

　　总沁园词，乱谈春色，如今语枯。羡浪淘沙里，涛声阵阵；满江红内，血泪冲吁。凤舞翩翩，凤凰台上，金凤飘然宇宙舒。低吟罢，遂云长千里，魄已天湖。

　　独思欲语还嘘。江郎尽，只凭淹作娱。岂禅林河畔，赠阳绸缎；冶亭睡处，送璞狼须。锦绣全无，珠玑哪得，错对贫书文字疏。思量过，故强牵愁状，不若如厨。

满江红·远航

大海扬波，登高望，鳞星闪霰。犹俯瞰，渺茫无际，蔚蓝深瀚。卷浪翻时如滚雪，惊涛来处岩迸溅。正骄阳，一碧洗乾坤，长空炫。

风骤起，乌云蔓。流还暴，天不见。怒声旋竟劈，巨轮将断。逆水冲开狂烈涌，落峰着顶桅杆偃。终到了，赤道旭光红，晨洋灿。

水调歌头·中秋

秋日落霞隐，此夜又中圆。最明还近人意，幽韵照空坛。桂魄难聊清寂，遇节平添悒失，娥袖舞翩跹。世界看仙子，凭语祝君安。

薄云慢，灯彩炫，共樽言。万家尽乐，千岁如是这时欢。杯酒邀婵堪远，对影流连烟畔。但已醉清湾，莫学青莲饮，追月逐波澜。

浪淘沙·密云水库

　　浩荡众山间，渺渺无边。水光潋滟绿波澜。湖畔野花芳草甸，紫万红千。

　　往过忆从前，舟泛湖烟。手牵纤玉有霓纨。水静心清谈笑事，唱有愉翩。

鹊桥仙·七夕

玉河难尽，群星无数，情最至深织杼。郎呼素泣是今时，鹊还愿、翩为桥路。

情言难已，泪清不肃，相见虽欢还惧。何如琴瑟在人间，共春日、还同迟暮。

一剪梅·冬梅

雪片飞时白絮纷，枯枝虬乱，皴节疤鳞。黄花点点似脂凝，香冷如馨，色暖如茵。

寒至腊来吐傲薰，独秀无她，最是怜人。谁知君苦夏炎时，弱叶常卷，只盼秋分。

忆秦娥·坝上骑马

鞭挥曳，马行过处蹄声脆。蹄声脆，立镫擒鞍，驰如风掣。

信游花畔随睛视，草青坝上天秋蔚。天秋蔚，辽原无尽，山光奇魅。

忆秦娥·郊游

　　轻提辔，白驹飞踏蹄花燧。蹄花燧，掠过荒原，满目青翠。

　　马停苇畔湖光媚，水天连处山轻逝。山轻逝，回眸绿野，白毡星缀。

临江仙·秋思

　　锦簇菊香开已怒，篱边细竹微枯。徐阳暖照日熙余，满园铺落叶，装点物华姝。

　　世事蹉跎心也静，谢家金谷何居。牵黄赏杏伴丹芜，不临秋水畔，自有乐渔途。

鹧鸪天·秋霾

鹜影清潭衰夏莲。黄芦高草作花烟。去年光景今非再，满眼愁云似黑鬟。

凉风起，意阑珊。白杨树下咽声寒。秋风借把为心帚，且荡胸中忧与烦。

雨霖铃·湖边小坐

天寒午后，槛临湖里，荡漾银蚪。芦丛花苇浅淡，云凝绿岸，依依青柳。剩下残荷几叶，不如莲时秀。起飒风，薇树轻摇，紫卉浓浓色还茂。

栏边静坐无声久。未深思，目做随心走。帐中客稀清冷，对柞案，暖茶于手。隔席声喧，当作非闻，偶言和友。又一载，将往深秋，但落花依旧。

题柳荫公园

云柳双行街道静，
青藤映竹绿波清。
不闻古井摇车响，
伫听秋湖牧笛声。

诗韵两首

其一

一水还从一岭岜，

山环水绕总相宜。

诗心若有连图韵，

纵墨犹淋绘秀漓。

其二

一岭还凭一水迢，

丹枫浅映总妖娆。

寄言山畔流觞意，

绣卷何须锦线挑。

后海夜景

叠楼临水灯光烁，
宝马香车浪里金。
酒肆为吧声曲沸，
河边绿柳动歌琴。

叹江南连阴雨

天地长相隔，
清樨^②不解忧。
江南多苦雨，
滴泪是娥愁。

② 樨，指木樨，即桂花树。清樨，指桂花酒。

歌太史公

秦皇一统开天始，

太史雄文亦是初。

纵贯三千名五帝，

经连岱岳并西庐。

轩辕望重神州祭，

尧舜声高汉地书。

彻武誉成司马颂，

嬴功尽贬确存疏。

始皇歌

秦皇韬略气如天，
六纵连横遍席卷。
帛画三坪书广阔，
锦图难尽至无边。
长城万里今为始，
泰岳凌空势更悬。
二世而亡含汝过，
汉承基业我民渊。

赞大运河

大河悠远静无声，
绿浪迢迢万棹行。
南北恩施连首越，
东西泽被贯时庚。
隋书不撰宣城纸，
朝代功彪碧水宁。
即日临渠还感叹，
谢言彼帝并斯丁。

隋炀帝歌

运河工苦劳民众，

炀帝如今毁誉空。

西子湖边青岸始，

昆明池畔大流终。

轩辕一统川波利，

华夏辽原碧水功。

伤至前人霖后世，

贬隋岂不负恩公？

孟德歌

幼从高贵门庭显，

少颖贤言一语昌。

曹尉身先天下计，

汉丞不复几人王。

槊横江畔雄才略，

酒对铜台异采翔。

满殿皆随犹未篡，

奈何明卷做奸梁？

辛亥感怀

辛亥一更枪响起，
武昌城上降王旗。
中州帝制从今去，
华夏均和是日期。
新梓犹贫艰苦进，
故乡已盛必能为。
历经百载沧桑后，
还悼前人舍命时。

问　孔

屠兄犹弑弟，

囚父入愁隅。

却教丘夫子，

还为圣主乎？

先降归汉相，

再拜向玄孤。

今日临忠寺，

香烟也不殊。

九一八

倭寇三千攻沈阳,
精兵十万尽丢枪。
若非蒙满成沦土,
岂有中原遍火光?

读杜翁茅屋歌笑谈

工部一生时事舛，
先逢马驿复思郎。
剑门艰苦还多病，
浊酒残羹也不觞。
老至今天何所有？
举杯故旧各胡装。
茅庐虽破无伤雅，
从此朝朝饮贵浆。

叹渔郎

浊流滚滚困渔郎，

三救非成命已殇。

纵使天宫姑俊课，

难援兰郡布衣亡。

姑于宇宙欣教授，

娘伴河边痛烂肠。

但令轲贤言在耳，

不伤弱女作青裳。

文字狱

不识清风明有讽，
雏鸡腐脏胤非高。
若吟太白床前月，
隆历难为否汉骚？

李 广

暗夜引弓消白羽，

龙飞七十尚边巡。

当年向使凌烟阁，

衮衮诸公没旧尘。

伤　秋

纷飞落木寒秋水，
过客伤怀酒最知。
非忆风云山壑雾，
常思窄叶树梢眉。
山连朔漠天难写，
情系波涛海易诗。
荫柳无心添热闹，
且填溪畔竹枝词。

无　题

洞庭天际波追月，

夜苇千栖候鸟邻。

花漫东风生艳色，

云随夏日逝青春。

连丝有意情虽虑，

断处无缘爱岂真。

高榜疾蹄休自醉，

须知盛宴不难罄。

散

文

贵州散记

贵州很美，那种美是很容易用心感受到的，也是很容易打动心魄的。可是当想写几首诗来表达一下的时候，又感到不知如何下笔。而那种美却是一直萦绕在心里，挥之不去。

贵州的美，美在自然。穿行在贵州的各个城市之间，满目是青山绿水，很少有人工雕琢的痕迹。贵州多山，山都是被绿色植被覆盖，树木繁茂。贵州多水，到处是大大小小的湖泊，湖水都是碧绿清澈。由于多雨，空气是温暖湿润的，但又不是潮得让人透不过气来。而贵州境内的许多河流，金沙江、乌江、赤水河、舞阳河等，都是奔腾不息，为寂静的山岭带来活力。

因为工作关系，我曾长期在贵州出差。到了周末，总是和同事一起出去游玩。去黄果树瀑布的时候，首先在远处的山上看瀑布。山和瀑布的顶部一样高，远远望去，形成瀑布的河流在阳光的照耀下反着白光，和天空融为一体，已经看不出河流的形状。到了形成瀑布的悬崖，河水突然下跌，大瀑布出现在眼前。在这个位置看过去，像一幅洁白的绸缎挂在山崖上，隐隐能听到瀑布发出的声音。沿着山间小径一路走过去，来到瀑布顶部的附近。河水欢快地向前，奔流不息。在接近瀑布的地方，河水是清澈的，可以看到水下面的石头河道，光滑细腻。从这里看去，瀑布迅猛冲下悬崖，气势磅礴。从上往下看时，水势之猛，使人有一种心惊的感觉。从山上下来，来到瀑布的底部。瀑布高挂于悬崖之上，由于山体的原因，形成了几股水流，使瀑布有了一种灵动的感觉，仿佛是从仙女的手指间流下来的。高高的瀑布显得非常雄伟壮观。瀑布发出的声音，也使人感到它的力度和气概。瀑布形成的水雾，湿润了几十米以外人的脸和衣服，让人感到一丝凉意，同时又有清新的感觉。

沿着山坡小路，来到瀑布后面。这里有一条花岗岩修成的走廊，栏杆也是花岗岩的。走廊连接瀑布的两端。瀑布在栏杆外奔涌咆哮，像无数白色的巨兽直扑深潭。顺着走廊来到瀑布后面的水帘洞，里面十分阴凉，光线却很好，一点也不阴暗。在其中感受一下孙行者占山为王的潇洒，别有一番风味。

从黄果树瀑布出来，又到了天星桥。天气很好，等待游溶洞的船时，看到碧绿的群山，每座都像覆盖了一层绿色的地毯，如丝绒般柔软光滑，蓝天的映衬下，就像一幅油画。望着那柔美的山景，人的心也变得柔软起来。

平时在贵阳工作的时候，白天忙完，傍晚找一家小饭馆，要上两个当地的家常菜。贵州菜味道很好，很可口。当然，前提是能够吃辣。就着菜喝上一瓶啤酒或是一小杯白酒，再用菜汁泡着吃下一大碗米饭。这时候如果不加控制的话，还能再吃上一大碗米饭。印象最深刻的是两道菜，一是鱼腥草，当地人叫折耳根，凉拌或者炒腊肉。吃起来的确有一股腥味，还有一点苦涩的味道，当地人很爱吃。我到现在也吃不惯。还有一道菜是炒蘑菇。这是当地的一种野生蘑菇，蘑菇很小，是橘红色的，味道极其鲜美，是人工培植的蘑菇不能比拟的。多年以后，我已经忘了具体味道，却记住了蘑菇的外形。

在贵州工作，总要和当地的朋友一起吃饭。贵州人热情好客。虽然是出产国酒的省份，但本地人喝酒并不凶，会热情地提醒你吃菜，也会礼节性地敬酒，但绝不力劝，宾主喝得都很随意。所以和他们一起聚餐，不必担心因酒量不济而失态。

红枫湖是个很大的湖。在碧绿的群山间，一大片开阔的水面，水色也是碧绿的。湖中分布着大大小小的众多岛屿，其中三个岛上分别建有苗寨、侗寨和布依寨。仿造少数民族的民居建起了木楼、木塔和廊桥。白天划一条小船到湖中，再下到湖里游泳。白天的时光就这样溜过去。吃晚饭的时候，在服务员的推荐下，我喝了一整瓶的米酒。米酒是按少数民族的方法酿造的，甜甜的没什么酒味，很好喝。晚上，三个寨子来了很多穿着少数民族服装的演员，他们表演了本民族的乐器和歌舞，动听且优美。游人趋之若鹜，熙熙攘攘，十分热闹。夜深之际，篝火点起来了。在火光和歌舞中，又感受了一下火把节的氛围。随着火光渐弱，快乐的一天结束了。

第二天醒来的时候，湖区又恢复了宁静，只听到鸟的叫声。这时却感到头痛，胃也不舒服。米酒虽然没有酒味，后劲却很大，现在才感到醉。我是带着醉意离开美丽的红枫湖的。

因为喜欢毛主席《忆秦娥》的诗意，所以想去一次娄山关。和同事说了,一拍即合。于是周末的时候找了辆出租车,和的哥谈好价钱就出发了。车子是三缸的小奥拓,已经很旧了。那时,贵阳街头都是这种出租车。驶出贵阳不远就到了少数民族居住区,连绵青山间,不时出现带有民族特色的木屋。木屋有着很高很大的双面斜坡屋顶,还有木门和带木栏的窗户。大多数房屋的门都开着。偶尔有几个老妇人在门前劳作。木屋的颜色因为长期日晒雨淋而变成烟灰色。木屋的造型和颜色,都和周围的环境十分协调,浑然天成,仿佛就是大自然的一部分。

中午,我们停下来在路边饭馆吃饭。老板推荐了一道野味——獐子肉。那时候也没有动物保护意识,就点了这道菜。吃到嘴里感觉肉很硬,也很粗糙,并不好吃。的哥很客气,吃得很少,劝他也不肯多吃。

吃完继续赶路,终于到了娄山关。可能是不懂军事的缘故,感觉就是一座普通的山,看不出有多么险要。那里有一座很大的诗碑,上面刻着毛主席的《忆秦娥·娄山关》。我们在诗碑前和周边照了几张相,便开始返程。

回到贵阳的时候,天已经黑了。付车钱的时候,一天表情都很凝重的的哥终于露出了笑容,说了句"总算平安回来了"。估计开着那辆马力不足的旧车翻山越岭一整天，对他来说也不是一件轻松的事。后来我才知道，毛主席对自己诗词中"苍山如海，残阳如血"这两句最为得意。

某个周末，我想去城西北的黔灵公园看看。那里有黔灵湖，还有个麒麟洞，据说张学良、杨虎城都曾被关押在那里。进了公园的门，便照路牌指示的方向往黔灵湖走去。这是一条很窄的柏油路，路两旁的树很密，树枝伸出来，几乎遮住了天空。走在路上，就好像走入一条树的隧道，感觉很荫凉。路是弯弯曲曲的，总也看不到头。走着走着，忽然发现四周无人，静悄悄的，一点声音也没有。这时，我心里忽然有了一丝恐惧的感觉。毕竟是白天，当然不怕活见鬼，但若跳出一位劫道的"好汉"该怎么办？怀着忐忑的心情走了将近一小时，黔灵湖终于出现在眼前。只见群山环抱之间，躺着一片静静的湖泊。那天是阴天，山是墨绿色的，水是更深的墨绿色。这里依然很安静，没有喧嚣之声。湖水平静得像镜子一样。虽然颜色很深，依然很清澈。湖边有几栋古色古香的建筑，都有琉璃瓦的屋顶。房屋和周围的树倒映在水中，更增加了宁静的气氛。我在这风景如画的地方待了一个下午，准备返回的时候，才发现有一列小火车直通到公园入口处。坐上小火车，穿过隧道，五分钟便到公园门口了。回想来的时候，一个人提心吊胆地在山里走了一个多小时，真是好笑。不过，一个人走在杳无人迹的寂静山林中，也是一种特别的经历。

第一个读者

我最初在博客上发文，主要是一些诗词。那时候写了一些自认为是格律诗词的东西，还拿到"贴吧"里去发。有"吧友"指出不合格律，还有一个"吧友"真诚地说，你一首一首按格律写，多好啊！他们把我说得有点蒙。后来又有一个"吧友"发了一个"诗词吾爱网"的链接给我，我这才知道什么是押韵、什么是平仄、哪里要对仗。于是便把先前写的格律诗词重新改过，以后的古体诗词就严格按格律写了。

写了一段时间，有些诗词自己还是比较满意的，就在网上找到一些书法家，请他们把这些诗词写成书法作品，装裱起来。有些还会让书画老师配上画，在画上题诗。看着一幅幅书画作品，感觉自己像古人一样，很有点穿越的意思。把书画都拍成照片，放到博客里，欣赏书法的同时，回味一下自己的诗词，别有一番风味。

除了格律诗词，我还写一些新诗，写得不多，比古体诗词少多了。写诗的时候，完全是兴之所至，轻松自如，想到哪写到哪，想不出来就不写，不像有些人说的那样，苦思冥想，搜肠刮肚。当然，更没有泣血成诗的感觉。我只写感动自己和有感觉的人和事，没感觉的就不写，勉强写也写不好。

我诗中所写的历史人物，有曹操、秦始皇、隋炀帝。现在对曹操的正面评价已经挺多了，也没什么好说的了。而关于秦始皇和隋炀帝，我认为坊间对他们的评价不够客观。作为历史人物，二者对中国的贡献都是很大的。作为受益者，我们应该大力肯定他们的历史功绩，颂扬他们的进取精神。至于他们的负面行为，多是因为受到历史的局限性，理性看待就好了。

后来，我有了一个想法，就是把自己的诗词放入小说。根据几首诗词的内容，构思了几个短篇小说，写的时候把诗词插到里面。这也是受到曹老先生（曹雪芹）的影响。小说的人物，却大都借用了吴老先生（吴承恩）的。写着写着，忽然觉得写的东西够一本书的体量了，就找到印制机构，把自己的诗词、几个短篇，再加上一些书画作品发给他们。经过他们的排版和设计封面，几个回合下来，就可以开印了。书印好之后寄回给我，还真挺像模像样的。这时，我在QQ上碰到一个网友，对她说自己写了一本书，还提出送她一本。她答应了，还把她的地址发给了我。她是出头岭镇、出头岭村人，我在书里签上自己的名字，把书寄给她。以后又陆陆续续送出去十几本，但出头岭镇、出头岭村的那位网友，却是我的第一个读者。

这时候，我开始写散文。在此之前，好像只在中学写作文时写过一些类似散文的东西。构思了几篇，第一篇是写在贵州的一些经历和感受，写得还挺顺手。虽然不知道写的算不算散文，反正是有头有尾地写完了。后几篇就不太顺手，一直写不出来。直到最近，受一些事情的影响，才又写出一篇。不过，这不是以前构思的。那几篇一直还没写完。

以后，我想写一首关于汉高祖的诗。心里一直惦记着，总也没下笔。有一次外出，看到王立群老师《百家讲坛·大风歌》的光碟，就买下来回家从头到尾看了一遍。讲座看完了，长诗《高祖歌》也一气呵成。这是我写的第二首长诗，第一首是《国庆阅兵歌》。

后来做出版的朋友找到我。经过几次接触，相互有了了解。我把自己的文稿发给他们，出版的事就这么定下来了。就这样，我的第一本文集《平沙日落集》正式出版了。再后来，他们出版"心灵诗者"这套丛书时，又把我的几首诗词收录进去。虽然我的第一个读者是出头岭镇、出头岭村的，我还是没能"出头"，却误打误撞山了本书。其实，山不山头对我并不重要，而出书却给我带来了很大的乐趣。

我所遇到的三个"雷"

　　我曾经在一家研究所工作，在那里遇到了三个名字中带"雷"字的人。其中之一就是如今大名鼎鼎的雷军。认识他的时候，他还只是研究所里的一个普通程序员。我和他在同一个研究室，住在单位宿舍的同一个套间里。有时候晚上在宿舍里碰到，也会聊上几句。他给人的感觉是貌不惊人，和一般人不大来往，但善于与人交流，口才极好。后来他去深圳创业，在其后的职业生涯中长袖善舞，一路凯歌，成了好几家上市公司的总裁，妥妥的成功人士。套用范伟的一句话：同是一个研究室出来的，差别咋就那么大呢？

　　另一个"雷"其实是居里夫人发现的那个"镭"。阿镭和我一起参加国防科研项目，在同一个项目组里工作了很长时间。我们一起去南方出差，一起在青岛海湾做试验，一起远航太平洋。有次在上海出差的时候，阿镭和我还有几个同事在一家饭馆吃饭。那时候上海饭馆菜量小，而我们饭量大，把饭馆所有的菜都点齐了，吃完还不够，又把所有的菜重点了一遍，弄得饭馆的老板娘直拿斜眼看我们。

还有一次在江阴，部门请吃饭。感觉菜不够，我们几个年轻人就把盘子摞了起来。部门领导黑着脸，叫厨师把一些菜又重上了一遍。吃完饭出来，带队的老人，也是我的师傅，说我们不该那样。我们也嘻嘻哈哈地不当回事。又过了很多年，再想起这件事，觉得我们那时太不懂人情世故了。

在研究所的时候，大学上铺的兄弟和我同在一个研究室，做的也是同一个项目。那时候我们出差都是在江浙一带，免不了顺便旅游一番。我们单位进门要看工作证。去杭州玩的时候，我把工作证丢在瑶琳仙境了。本打算回来再补，结果人还没到北京，单位的电话就打过来了。原来我们单位的一位老工人碰巧也去杭州玩，捡到了我的工作证，还交到我所在的研究室。于是公费旅游的事败露了。回来后好长一段时间，室里一开会，领导就要把这个典型事件拿出来说一下，搞得我好不自在。

虽然发生了这样的事情，也不能影响我们游山玩水的兴致。有一次我和我师傅、我兄弟和他的师傅以及阿镭和他的师傅，几个人一起去无锡玩。逛完锡山惠山，就去了太湖。一看到鼋头渚的题字碑，我兄弟的师傅不认识其中两个字，就念道："鬼头者。"结果一路上不停念叨"鬼头者""鬼头者"，直到有个游客告诉我们那不念"鬼头者"，而念"圆头煮"。回来的路上，阿镭一直在拿我兄弟的师傅开玩笑。

和我们一起工作的有个女孩子，是个漂亮的胖姑娘，圆圆的脸，大大的眼睛。我们每天都一起去上班。单位大门口有一条德国牧羊犬，用铁链子拴着。每次我们经过，它都趴在地上看着我们，我们就向它行注目礼。一天中午，我们照例去上班。到大门口的时候，没看到那条狗。可就在我们刚刚走过大门的时候，突然听到那条狗愤怒的咆哮声。我本来没什么反应，可那个胖姑娘突然"嗷"的一声，向里面狂奔而去。听到她的叫声，我的两条腿不由自主晃了好几下，却没动地儿。狗叫本来没吓着我，姑娘的叫声却把我吓了个半死。

阿镭胆子大，远航太平洋时竟然站在没有栏杆的船帮上让我给他照相。这张照片现在珍藏在我的相册里。

阿镭的女朋友是他的同学，一个苗条漂亮的姑娘。有一次所里献血，我和阿镭都参加了。后来所里让献血的人都去北戴河疗养，阿镭带着女朋友去了。我们一起在海滩的礁石上砸牡蛎，阿镭和他的女朋友都不吃。他砸下来一个给我，我直接生着吃了下去。

从北戴河回来不久，他们俩就分手了。几年以后，阿镭又找到新的女朋友，一个喜欢唱歌跳舞的漂亮女生，而且很快就结婚了。阿镭在"同和居"办的婚礼，我还登台高歌一曲为他们助兴。后来我们各奔前程，阿镭来看过我几次，之后联系就少了。不管怎么说，阿镭曾经是我最好的朋友之一。

还有一个"雷"也是研究室的同事，每天低头不见抬头见。雷其实是个挺老实的人，和同事关系都很好。谁知他却在背后造我的谣言，我也并不是很怪他。许多年过去了，最近突然听说他因为被调查，在香港跳楼自杀了，留下孤儿寡母。听到这个消息，我真的很感慨。不用看照片，我也能清楚记得他的样子。他的年纪比我还小几岁。

西安往事

　　不记得去过多少次西安，只记得短则一两天，长则近一个月。第一次去西安的时候，从咸阳机场出来，搭上出租车，师傅边开车边和我聊天。车子跑着跑着，前面出现一个金字塔状的土山包，上面长满了绿油油的青草。师傅指着那个山包对我说："这是秦始皇陵。"我看了一眼不由自主复述道："这就是秦始皇陵啊！"怎么也看不出想象中的皇陵气派。我问师傅："底下有什么？"师傅说："不知道，没打开过。"又问："为什么不打开？"师傅说："怕保护不了。"这是我第一次看见秦始皇陵。

　　西安是一座有着两千多年历史的古城，有着厚重的历史文化底蕴。中国历史上最辉煌的时代，都是设都在此。走在这样一座城市里，你能感受到秦始皇一统天下的气势、汉高祖刘邦威加海内的胸怀，以及大唐盛世的繁华和鼎盛。工作之余，我喜欢在城里四处走走，穿行于大街小巷，领略古都的风貌。登上古城的城墙，俯瞰城市的全貌。然后从城墙上下来，沿着城墙的外侧行走。虽然没有遇到小说《废都》里所说的吹埙的人，也没有听到过吹埙的声音，却仿佛听到了那种古老乐器发出的悠扬乐声。在城墙边走累了，看到一家朱门小户的饭馆，信步而进，叫上几碟小菜和一瓶啤酒，一天的劳乏也就解除了。

名胜古迹众多，是西安城的特点。周末，我会去这些地方游览。陕西历史博物馆、半坡遗址、大雁塔、小雁塔、碑林、兵马俑博物馆，这些都是必去的地方。在历史博物馆里，每一块秦砖汉瓦的残片、每一件陶器、每一件文物，都是历史的馈赠，是无价之宝。到半坡遗址，和远古的祖先进行一场超越时空的对话。到大雁塔、小雁塔，听玄奘大师讲解佛经中的深奥道理。到碑林欣赏一下历朝历代文人雅士的文采风流，观赏一下他们风格各异的绝美书法。到兵马俑博物馆，感受横扫六国的秦军的威武雄壮。再去看看铜车马，仿佛看到始皇出游时声势浩大的队伍，而汉高祖刘邦站在围观的民众当中，发出了"大丈夫当如是也"的喟叹。

西安的饮食也很有特色。关中人喜欢吃辣子，菜里总要放一些。吃饭的时候叫上几个菜，又香又辣，很有味道，很开胃口。西安的面食更有特点。有时候，我喜欢叫上一碗油泼面或是臊子面。大海碗端上来，上面盖着各种食材做成的臊子，一碗吃下去，解馋又解饿。想吃羊肉泡馍了，就去到街上找一家泡馍馆，点上一碗。服务员端上一个海碗，里面放着几块馍，拿起来细细地掰碎了，又把碗端进去。一会儿的工夫，浇着热气腾腾羊肉汤的碗被端了回来，里面有羊肉片、粉丝和糖蒜，还撒着些葱花和香菜，千万记得从桌上的罐子里舀一点辣酱加在里面。掰成小块的馍被羊肉汤浸泡，有了肉的鲜味，嚼起来还是很筋道，切成薄片的羊肉鲜嫩可口。直到今天，我还对羊肉泡馍这道西安美食情有独钟。

陕西有句话叫作"米脂的婆姨，绥德的汉"，西安也是个出美女的地方。西安的女子，大多高高的个子，高高的鼻梁，眉眼都很鲜明，让人不得不对关中的女子赞叹有加。中国古代四大美女之一的貂蝉，传说就是米脂人。看来陕西出美女，是有历史渊源的。

有一回，我在西安待的时间比较长。第一个周末，我在酒店楼下的旅行社联系了一个团，准备去周边一个景点转转。先去了当年杨贵妃沐浴的华清池，然后去了"西安事变"时蒋介石落脚的地方，一排灰瓦屋顶的青砖房，外面有红漆的柱子。蒋本人住的那个房间很小，后墙上有窗户，据说当年他就是从这里跳窗而去的。接着又去了他在后山的藏身之所，如今那里修了一个亭子，叫作"捉蒋亭"。接着，我又去了华山。团里大多数人都是结伴而行，只有我和一个东北老哥是散客，于是我俩结为一组，一路聊天，一路相互照相。从华山回来，下了旅游车，我们就分手了。

　　第二个周末，我又在楼下的旅行社预订了一个团，这次是去壶口瀑布、黄帝陵和延安。早上起来，我在酒店门口坐上一辆中巴车。车子拉上客人后开到火车站，司机要我们换一辆车，是一辆依维柯。大家都抢着上，我是最后一个。一上车就看见上周那个东北老哥坐在司机后面，面前是一个铁网子。他正和身边的一位女士聊天，我和他打了个招呼，就去找座位。车上已经坐满，只剩下最后一排前面的一个加座，我把座椅放下来，坐了上去。车子从火车站前面的广场出发，女导游坐在司机同一排最前面的座位上。通过聊天知道车上有一个记者团，是去延安采访的。车子开到铜川，经过一个大的下坡，路的左面靠边停着一辆中巴车。我感觉车速很快，忽然发现车的方向偏了，直冲向对面的中巴车。我用手抓住了前面座位的靠背。女导游喊了一声"慢点啊"，车子便"砰"的一声撞上了那辆中巴车，我从座位上被甩了出去，眼前一片模糊，头撞到了车顶上。

车停住了，我感觉左腿撞到了前面的椅子上，痛感明显。我试着动了动，还能走路。往周围看了看，后排椅子和后车窗之间有一个行李箱大小的空间，后窗玻璃已经掉下来了。身边一个三十多岁戴眼镜的男记者，一脸茫然。他的小手指头和手背呈90°直角，他的小手指骨折了，但脸上毫无表情，好像没感觉到疼痛。车门已经变形打不开了，有人开始从车窗往外跳，我也跳了出去。

我转到车的前边，发现女导游倒在座位上，人事不省。我又来到车的左侧，一对中年夫妇正面对车窗站着，女的一脸惊恐，脸上有小一块肉翻起来，向下耷拉着，但没有血。男的在一旁凄惨地喊着："救救她吧，救救她吧。"车外的人都冷冷地看着，没有人动。过了一会儿，看到车子没有起火爆炸的危险，大家才开始上车救人。车门被撬开，我走到车门边，车上的人递给我一个女孩子，我抱着她向路边的道班房走去，伤员都被运到那里。女孩子二十多岁，瘦瘦小小的，一边哭一边说："我的鞋子，我的鞋子。"我心说命都差点儿没了，还想着鞋子！进了道班房，我看见一条长凳还空着，就把她放倒在上面，又回到车旁。车内的伤员都运走了，我和其他人一起在路边等着交警和救护车赶来。这时，我感到腿和头都有些疼，卷起裤腿一看，左腿小腿前部全都紫了，再一摸头，头顶上起了半个鸡蛋大小的包。

过了半个小时，交警才到。又过了一会儿，救护车才过来。医生开始检查伤员的伤势，伤重的被送上救护车。我抓住一个医生对他说："医生，我头顶上鼓起一个大包。"医生摸了摸说："你这是皮下血肿，到医院再做个检查吧！"说完就丢下我不管了。救护车开走了，我就去找到医院的车。有人告诉我有辆皮卡是到医院的，我便爬了上去。车上有一个交警，还有和我一样的轻伤员。车子开到铜川县医院，我被安排入院，有医生过来检查伤势，稍后又有领导过来慰问。我被安排做了一个头部X射线检查，结果显示没有问题。重伤员当天就被转去西安，据说被撞车的司机伤得最重。那个东北老哥我一直没见到，不知道伤得怎么样。

我在县医院住了好几天，每天打针吃药，到了饭点，就到医院门口的一个小饭馆去吃饭。后来我想到西安做个核磁检查，和医生一说，医生告诉我西安有家大医院专门接收这次车祸的伤员，但县医院不管派车，得自己想办法。我问医院有没有救护车，医生说有，但是得自己承担费用，我就自掏钱包包了一辆救护车。到了那家医院，我把情况一说，医院二话没说就给我做了一个核磁检查，结果还是没有问题，我便回到先前住的酒店。

后来，我找到那家旅行社，他们说可以把这次旅游的费用退给我，其他赔偿一概没有。我是出差在外，也没工夫和他们打官司，拿到退款后，又带着伤在西安工作了两个星期。腿上的伤渐渐好了，但头上的包始终没有完全下去，直到今天，头顶上还有一个三分之一乒乓球大小的包。

这次以后，我又去过西安几次。后来因为工作变动，再也没去过西安了。

光之韵

光是影像的塑造者，不是影像的传播者。

光是人类最熟悉的自然现象之一。人类的历史伴随着光而发展，在文学、艺术、科学、宗教中都能找到光的存在。《圣经》里上帝说要有光；佛经也充满了对光的描述。文学和艺术作品里离不了光。光学也早就是科学研究的对象之一。

人类社会对于光明一直有着孜孜不倦的追求。凡公平正义之事都被视为光明的，凡违背公平正义之事则被视为黑暗。美好和善良的事，都发生在阳光下；丑陋和恶毒的事，都发生在黑暗中。

最早为人们熟悉的是星光、月光、太阳光，最先用来照明的是火光。虽然今天人类已发明了五光十色的光源，但阳光依然是不可或缺的。

全球人类对阳光都充满了喜爱。美国的登月飞船就是以希腊神话中的光明之神——阿波罗的名字命名。帕瓦罗蒂的一首《我的太阳》嘹亮高亢，热情似火，唱遍了全世界。人类有时会直接引用"光明"的意象为周围的事物命名。

风景秀丽的黄山有一座山峰，就叫光明顶。每天都有无数游客来到这里，看绚烂日出，看茫茫云海，感受光与影带来的美妙。

二峰巍耸瀑泉湍，

石隐云山雾现峦。

松岭难能栖月露，

游人有幸到天寒。

作为世界屋脊的西藏，有着世界最高峰——珠穆朗玛峰。拉萨又叫作日光城。这座"离天最近"的城市，有着更多更纯净的阳光。当地人最愿意做的事，就是在大昭寺前的广场上晒太阳，一面享受着高原温暖而炽烈的阳光，一面看着朝圣者虔诚地跪拜，心中涌起一种空灵的感受。

玉峰西柱，不曾有、先古人何曾共。柱在天沿，才正是，工触山亡地恸。断壁森森，冰刀雪刃，欲至心惊悚。风雕霜刻，竟成天下王笔。

还忆公主生时，赞身亲去了。如花仪凤，锦帽貂裘。还忆到、从此红宫千纵。释地千寻，多西路去者。最齐穹栱，都随同愿，此生非柱如梦。

阳光带给世间的是温暖、舒适、轻松的感觉。蓝天白云让人们心胸开阔。而光线黯淡的雨天，也会给我们的心灵带来不同的感受。诗人戴望舒的一首《雨巷》仿佛让我们看到寂寥的雨巷中，那个身着旗袍，撑着一把油纸伞的女子幽怨的身姿。春天里的杭州，春雨潇潇，山色空蒙，清新、寒凉、幽暗而略带感伤。而雨中出现一对情人的身影时，又会生出一缕温馨之意。

春至江南暮雨楼，

西湖水畔绿荷舟。

苏堤柳岸桃花落，

雾润情衣影更幽。

　　月光能给人带来浪漫的情怀，贝多芬的一首《月光奏鸣曲》柔美舒缓，渲染出一幅浪漫的画面：朦胧月光下，一对恋人依偎紧紧，互诉衷肠。而王洛宾的一首《在银色的月光下》旋律优美，歌词动人，使人仿佛真的置身于醉人的氛围中，寻找着往日的踪影。

　　月光也能引发乡愁。3月21日是国际诗歌日。联合国教科文组织发行了一套含有多国文字的诗歌邮票，其中选用的中文诗正是李白的《静夜思》，用汉字楷书写就。一千多年前，身在异乡的李白面对皎洁的月光，产生了浓烈的思乡之情，写下了流传千古的诗句："床前明月光，疑是地上霜。举头望明月，低头思故乡。"诗句也随着月光一起留在世界人民的心中。

　　一生坎坷的苏东坡因与位高权重者政见不合，屡遭贬谪，差点丢了性命。在遥远他乡的中秋之夜，面对月色如水，苏东坡怀念远方的亲人，借酒浇愁，发出了"但愿人长久，千里共婵娟"的慨叹。

　　秋日落霞隐，此夜又中圆。最明还近人意，幽韵照空坛。桂魄难聊清寂，遇节平添怅失，娥袖舞翩跹。世界看仙子，凭语祝君安。

薄云慢，灯彩炫，共樽言。万家尽乐，千岁如是这时欢。杯酒邀婵堪远，对影流连烟畔。但已醉清湾，莫学青莲饮，追月逐波澜。

彩霞是美好的。古往今来，不知有多少为人父母者，用"霞"字给女儿取名，既希望她能像彩霞一样美丽，也寄望她的人生一如彩霞美好。

北京西郊的香山，风景秀丽，草木葱茏，湖泊清幽，流水潺潺坐落着碧云寺、卧佛寺两处古刹，还有中国最伟大文学家之一曹雪芹的故居。站在香山的最高峰"鬼见愁"上，看晚霞落日，绚丽多彩。到了秋日，沐浴着灿烂阳光，看满山红叶，心中会涌出无限美好的情感。

群卧西边，碧陇苍翠，泊境深幽。谛晨昏鸣鹊，莺啼婉转。葱茏花涧，潺喘溪流。蜿绕台阶，峰愁鬼见，伫顶临风眺远周。时天晚，望西沉红日，霞晕飞浮。

秋来气爽情道。招宾客、如林携眷游。遍满山红叶，丹流绝染。蒸丘云蔚，一望无收。古寺清风，碧云卧佛，古柏青松郁色稠。红墙重，对晨钟暮鼓，上善千秋。

　　佛教传入中国已有两千多年的历史，寺庙无处不在，佛教的氛围也无处不在。秀甲天下的峨眉山，是中国佛教四大名山之一。人们来到这里，最想看到的就是金顶的佛光，希望佛光的幸运，能给家人和自己带来好运和健康。佛教也促进了中国文化的发展，成就了不朽的名著《西游记》和《红楼梦》，成就了云冈石窟、大足石刻，也成就了鸣沙山下灿烂辉煌的敦煌壁画。

　　古道丝绸，当年重镇，繁华锦州。到鸣沙山顶，闪如金脯。行弓脊线，卧若长虹。清月牙泉，林洲阁殿，碧水千年映垄沟。堪辽阔，借舟为驼力，看尽荒丘。

　　莫高窟洞还幽，逝流岁、残墙韵更修。见飞天神女，风姿飘逸。反弹琵舞，技艺优柔。彩塑辉煌，庄严大众，今日犹生与客酬。阁九筑，仰巍峨耸立，佛境心留。

　　光是影像的塑造者，而不是影像的传播者。任何影像都需要光这位无所不在、无所不能的"雕刻家"。光能够刻画出哪怕最细微的细节，即便是一根头发丝，也能雕刻得精细到极致。光给提供给人们一个色彩斑斓的世界，雨后的彩虹、绿色的森林、蓝色的大海、金色的沙滩、五彩缤纷的花朵。没有了光，任何美景都不能为人们所欣赏，再娇艳的花也无法得到人们的赞叹。

滟滟莲花，夏至而观，绿叶荷疏。艳红而不娆，皎而不素。勿争其貌，勿媚其肤。无乱人歌，无惊花妒。风舞而轻雨露珠。清波动，有采莲渔女，桨荡舟湖。

青泥出尚不污。饮浊水、朝朝还净殊。是内心至洁，不为势黜。娇躯虽弱，不畏霖濡。舜为擒龙，九嶷仙卒，娥女湘妃携至涂。洒竹泪，寄魄于莲久，万世不除。

人类的历史，就是一部战争的历史。从部落间的争斗、不同民族间的厮杀，到国家之间的战争，再到两次世界大战。战争的刀光剑影、血色火舌，带给人类的是痛苦和灾难。让我们祈祷和平，祈祷人类不再遭受战争的侵害。

绵亘附丛岭，陡峭仁青巅。阅了多少兴败，艰险似从前。古郭都湮尘色，劲草全围纵壁，应适忆流年。逝水隘关月。无尽数烽烟。

　　是当日，除外寇，斩酋顽。刃霜血溅，枪洞犹在故城砖。遥瞩山光云渐，绿满峰峦层苒，塞外好风天。旧垒还坚忍，魂与共轩辕。

　　波漾永河水，石拱卧春涟。玉栏镌刻铺就，威武石狮圆。晓月中秋凉后，不语清风细柳，西望瞩燕山。长架贯南北，风韵几多年。

　　炮声起，倭猥至，战云绵。壮心饮恨，良将几陨大都前。烽火经年除灭，旧忆犹存难缺，对月抚桥栏。最是通今古，烟雨逝长天。

　　冷风吹皱，绿波起，清凛池中寒水。吐蕊桃花，樱已绽，犹是初春淡季。断壁颓垣，高台败柱，若隐先时美。雕镌铭刻，诉来除岁之耻。

　　图现康帝乾时，三园繁锦处。琼楼千旖，碧漾微澜。还有那、春玉西楼花陞。趣景喷泉，如今只剩得，破碑残砌。情怀悲忆，立于前日龙地。

时光留给人类的，唯有记忆。翻开厚重的历史，那些人物离我们并不遥远。他们就在我们身边，形象生动，语言鲜活，有血有肉。那些气势雄伟、场面宏大的事件，就在我们眼前展开。

伟绩勋卞，堪可比，大皇彼得。韬略富，志宏才霸，气刚悍质。横扫六帷平海内，尽将华夏归秦室。帝千古、首一统轩辕，君功毕。

从颉字，齐轨隙，开郡县，同标刻。令匈奴骇惧，万里城立。坑术焚书何足论，朱明乾陛殊难匹。望长安，忆列阵雄兵，车林戟。

出身亭长无家厚，不善商贾厌农桑。
聚友萧曹卢绾众，沽酒村店账犹赊。
斩蛇芒砀情非已，举兵丰沛岁还长。
子房初从明主遇，怀王识人汉将兴。
关中既下秦军破，子婴系颈伏道旁。
约法三章民心向，舞剑鸿门项王骄。

引军汉中志已定，拜将韩信羽翼强。

明修栈道瞒天计，暗度陈仓大军还。

四年征战常败绩，弃子还赖夏侯怜。

纪信救主荥阳泪，萧何助汉子侄征。

鸿沟烹父杯羹笑，汉界虽定未罢兵。

十面埋伏垓下阵，四方楚歌霸王哀。

虞姬伤别乌骓逝，自刎乌江羞向东。

征伐七载乾坤定，高祖称帝汉业成。

宫起未央堪壮丽，殿作麒麟势威严。

长安宫中百官贺，齐鲁吴越几王封。

萧相雄才无为治，百姓乐业万民欢。

承明殿里妃子笑，云梦泽边韩信惊。

社稷虽刘难安定，群雄数起动刀兵。

高祖亲身平叛乱，天下终安披箭创。

十年沛公归故里，身衰体弱鬓如霜。

乡邻同席日日醉，父老同坐半月伤。

击筑而歌悲声起，声动地兮势感天。

龙翻怒海闻之动，凤舞九天泣难鸣。

大风起，云飞扬。

歌罢忽已泪沾裳。英雄迟暮心犹壮，咏成千古气流芳。

秦皇一统开天始，太史雄文亦是初。纵贯三千名五帝，经连岱岳并西庐。轩辕望重神州祭，尧舜德高汉地书。彻武誉成司马颂，嬴功尽贬确存忽。

幼山高贵门庭显，少颖叔言一语昌。曹剧身先天下计，汉丞不复几人王。槊横江畔雄才略，酒对铜台异采翔。满殿皆随犹不篡，奈何明卷做奸氓。

运河工苦劳民众，炀帝如今著骂名。西子湖出青岸始，昆明池到大河终。轩辕一统流川利，华夏辽原事水功。伤至前人泽后世，贬隋岂不负恩公？

工部一生时事舛，先逢马驿复思郎。剑门艰苦还多病，浊酒残羹也不觞。老至今天何所有，举杯故旧各胡装。茅庐虽破无伤雅，从此朝朝饮贵浆。

屠兄犹弑弟，囚父入愁屋。却教丘夫子，还为圣主乎？先降归汉相，再拜向皇叔。今日临忠寺，香烟也不疏。

辛亥一更枪响起，武昌城上降王旗。中州帝制从今去，华夏均和是日期。新梓犹贫艰苦进，故乡已盛必能为。历经百载沧桑后，还悼前人舍命时。

祁连不断雪峰绵，西进沿途少落烟。山远云稀无绿色，地辽石碛短河源。归鸿南去秋鸣咽，征马西行铁骑寒。犹忆赤军鏖战日，硝旗故垒角声残。

锦州墙外万千兵，塔阵成河壁垒凝。孤郡克服春邑惧，泽生举义洞国诚。辽西血战擒黑虎，建楚难逃落将星。乘胜挥师临沈下，破城之日奉天晴。

中原大地风云起，野战雄军似虎食。碾镇河边韬命断，徐州城路乱兵迟。双堆垒外飘愁雪，陈阵村前没败师。攻略俱出韩信右，百年犹颂粟勋时。

坝上奇谋吸力旅，强援被陷主官亡。津门不守丢盔败，捷帅难堪束手降。十万京城成困兽，千阶紫禁惧殃伤。傅公简朴明深义，红帜飘扬遍赤墙。

扬子江边春意晚，千帆竞渡遍红缨。东连澄郡昌城远，西去庐峰夏邑经。魏武不曾无尽阵，周郎岂对炮声隆。三军过处风吹叶，指日金陵落往旌。

百年钟鼓遥相默，静待隆隆礼炮声。旗帜漫飘如浪涌，人民雀跃似波洪。三军列阵徐徐过，战马昂扬少作鸣。领袖湘音环宇宙，火铺银汉不息彤。

十月金秋天更蓝，广场辽阔世无双。
红旗猎猎迎风乱，层楼紫禁最庄严。
万千人民翘首望，犹望三军已阵严。
军旗一面为先导，三军护卫是英豪。
无边方阵动地来，军装各异气无差。
概压天兵还抖擞，李靖犹自且搓手。
刺刀闪闪如雪刃，枪口莹莹寒光冷。
喊声阵阵意气高，声声嘹亮冲云霄。
飒爽英姿女儿装，木兰也不输男儿。
天空阵阵惊雷滚，战机列阵向西行。

苍鹰展翅俯大地，还向九霄冲天云。

雷声震落云中鹜，巨阵划破漫天青。

机声隆，烟雾蓝。

战车整齐向前方，铁马钢龙猛虎进，排山倒海势难当。

车队成行无穷尽，战士威武列阵林。

绿色长龙铁流过，飞弹直指是长弓。

昂首向天人神惧，身躯伟岸气如虹。

军威最烈无人窃，河山再不怕人欺。

小时候在晴朗的夜空下，仰望满天繁星，大人会告诉我们："天上一颗星，地上一口丁。"每当看到流星的时候，大人又告诉我们，有一个人离开这个世界了。在历史的长河中，人类注定是一闪而过的流星，不管你身居高处还是地位低微，名满天下抑或默默无闻。

东去教宫，齐鲁福祉，五岳推宗。溯红门幽径，苍松叠翠。步云桥畔，飞瀑流淙。坊过升仙，天梯陡险，十八盘旋心惧怵。绝高处，见云烟翻覆，似有龙从。

古多圣者亲躬。又君主、尽临此述衷。遇孔丘登处，斯人独步。秦皇禅地，至位孤封。玉顶称名，山为最大，百代湮时势气同。转眼过，再看千年后，还立秋风。

光是影像的塑造者，而不是影像的传播者。再远的星星也不需要光来传递它的影像，它就在遥远的天际，随时映入人们的眼帘。

春天到了，桃花开了。故乡的小城凤凰又从记忆中闪回。她就在沱江的边上，依然质朴，仍旧继续着千年以来的美丽传说。

沱江悠远到湘边，
晓照桥廊日映船。
绿水无声诗有韵，
轻楼有黛画无朏。

四季的沉思

四季的沉思，指的是对四季的沉思，而不是一年四季都在沉思。古往今来，春夏秋冬，花开花落，雨雪风霜，四季的更替循环往复，无尽无穷。

四季是乘着时光之舟前行的。黑夜和白昼是时光之舟的两个桨轮，桨轮的转动驱动着它在历史长河中乘风破浪，一往无前。

时光之舟由时间和光阴组成。时间是光阴的流逝，光阴是昼夜的更替。时间不会因为我们全速奔跑而变快，也不会因为我们静坐下来而停止。它只会以自己固有的速度前进。即使人类已经给自己装上了翅膀，也飞不过时光之舟。当人还没到达属于自己的港口时，即便插上翅膀，也飞不出时光之舟。而当人到达属于自己的港口时，想赖在船上不下来，也是不可能的。任何人都将在自己的港口被时间赶下船，给后来者腾出舱位。在时光之舟上，所有人持有的都是单程船票。

时光一去难倒回。两千多年前，中国古代思想家孔子站在河边，看着滔滔流水发出感叹："逝者如斯夫，不舍昼夜。"任何回到过去的想法，都是痴心妄想。任何超越时间，去向未来的想法，也都是痴人说梦。

人从有感知的那一天起，就发现了白天和黑夜的轮回，发现了二者的持续是有规律的。古人给这种规律起了个名字——时间。时间给人带来很大的好处，使人可以劳逸结合，白天劳作，晚上休息。远古的时代，男人白天出去狩猎，女人在家编织和照看小孩。到了晚上，男人带着猎物回来，全部落的人一起围着篝火烤食物。吃完以后，大家一起围着篝火跳舞，一直跳到尽兴。然后便进入梦乡，而狗儿们则担负起警戒的职责。从那个时候起，人们就知道时间是由白天和黑夜构成的。

人从很早就发现了四季更替和循环的规律。四季带来的好处，就是人类可以进行耕作，从而带来了农耕文明。春天的田间，牛拉着犁在前面走，人扶着犁在后面跟。夏天农人会引水灌溉，为禾苗除草。秋天庄稼熟了，农人挥舞镰刀在地里收割，汗水湿透了禾下的土地。冬天大雪的日子，农人一家在炕头饮酒谈笑，享受天伦之乐。春播，夏长，秋收，冬藏，人类文明在年复一年的劳作中，不断向前发展。

春天是温暖的，也是灿烂的。"春天来了，大地在欢笑，蜜蜂嗡嗡叫，春天来了多么美好。"伴随着施特劳斯《蓝色多瑙河》的欢快旋律，春姑娘迈着轻盈的脚步走来，大地万物复苏。梅花开了，杏花开了，迎春花开了。枯黄的草地泛出青色，池塘里的荷叶露出嫩嫩的尖角，空气中可以嗅到春天的气息。禾苗返青了，在春雨的滋润下茁壮成长。春天带给人的是喜悦，是希望。

夏天是火热的，是浪漫的，也是美丽的。姑娘们穿着各色裙装，出现在街头，在咖啡馆，在城市的各个角落，成为都市的一道独特风景。夏天是恋爱的季节。夏天的火热催生恋人们的情愫，使有情人之间的温情转为似火的热烈，成全了一对又一对的恋人。

"让我们荡起双桨，小船儿推开波浪。"北海公园的碧波中，孩子们正划着小船，幸福写在他们天真的笑脸上。歌声唤起了多少人童年的美好回忆。

秋天是成熟的季节，也是收获的季节。秋天是多彩的季节，也是凋零的季节。秋风吹过，漫山遍野的红叶，绚丽多彩，美不胜收。然而随着深秋的来临，满目枯枝散乱，落叶飘零，令人神伤。所以自古以来，人类就不乏悲秋之作。

冬天是寒冷的，也是纯洁的。"忽如一夜春风来，千树万树梨花开。"一夜漫天飞雪过后，大地银装素裹，洁白晶莹，有如仙境一般。千里冰封，万里雪飘。山舞银蛇，原驰蜡象。面对此情此景，毛主席诗兴大发，写下了《沁园春·雪》这首气势磅礴的千古绝唱。

四季是时间的流逝，四季是时间的内涵。凡思维正常之人都知道四季是时间的标尺，黑夜和白昼是时间的刻度。凡思维正常之人都知道四季的更替、光阴的流转是时间的全部内容。只有心智迷乱的人才会认为时间不为四季所测算，不为光阴所丈量。只有头脑混沌的人，才会认为时间是数字的游戏，是善变的妖精。

时间创造了哲学。中国古代思想家老子就是伟大的哲人，他创立的"道法自然"的理论体系，具有朴素辩证唯物主义的观点。"道可道，非常道。名可名，非常名。""上善若水，故几于道。"老子的境界如流水一般，泽万物而不争，处低下而不辱。随遇而安，不固于形，体现了其开阔的心胸和豁达的品性。

《逍遥游》《秋水篇》是庄子的杰作，文字气势宏伟、恣意纵横，俯仰于天地之间，充满浪漫主义的色彩。它们既是优美的文学作品，也是饱含人生哲理的旷世奇文。

存在即合理。黑格尔这位西方伟大的哲学家，以善于发现美的眼光，创建了辩证法和认识论，把西方的哲学理论推向高峰。他本人也成为西方思想界标志性的人物。

时间创造了历史。从金字塔到万里长城，从吴哥窟到泰姬陵。人类在地球上留下了许多伟大的建筑。作为漫长历史的见证，它们默默伫立在那里，向人类讲述着早已逝去的时光。

"文王拘而演《周易》。仲尼厄而作《春秋》。屈原放逐，乃赋《离骚》。左丘失明，厥有《国语》。""诗三百篇，大底圣贤发愤之所为作也。"太史公司马迁忍受着酷刑带来的屈辱，给后人留下了《史记》这部鸿篇巨制，记录了中华五千年文明史的开篇和前传。太史公不愧为中华史学第一人。

时间创造了艺术。维纳斯、大卫、思想者……米开朗琪罗、罗丹以及他们的前辈，给石头和青铜注入了生命。达·芬奇、拉斐尔、凡·高，则用色彩来塑造人物。

虽手法不同，都给世界留下了不朽的杰作。

在遥远的东方，无数不知名姓的工匠，用他们毕生的精力，创造了云冈石窟、龙门石窟、莫高窟等伟大的艺术群。他们的名字已经融入那些灿烂辉煌的作品当中。

时间创造了音乐。《田园》《英雄》《命运》《欢乐颂》……贝多芬的音乐作品或愉悦，或雄壮，或痛苦，或欢笑，汇聚了人类的全部感情。贝多芬晚年完全失聪，他忍受着巨大的痛苦，却给后人写出了动听的乐曲。

《伏尔塔瓦河》在斯美塔那琴弦下静静流淌，宽广，宁静，澄澈，雄浑。青年时代的他反对奥地利的统治，争取自由独立，之后致力于民族音乐的发展。斯美塔那怀着对祖国的深深眷恋，谱写了这一曲调优美的乐章。

"碧草青青花盛开，彩蝶双双久徘徊。千古传颂深深爱，山伯永恋祝英台。"随着小提琴奏出的乐曲，哀怨低回，凄美动人。人们仿佛看到梁山伯与祝英台双双化蝶的唯美身影。一曲《梁祝》生动演绎了中国音乐史上的一段美丽传说。

时间创造了文学。"初唐四杰"之首的王勃，六岁能文，被人誉为神童。十四岁便写出了流传千古的名篇《滕王阁序》。"落霞与孤鹜齐飞，秋水共长天一色。渔舟唱晚，响穷彭蠡之滨，雁阵惊寒，声断衡阳之浦。""遥襟甫畅，逸兴遄飞。爽籁发而清风生，纤歌凝而白云遏。""君子见机，达人知命。老当益壮，宁移白首之心。穷且益坚，不坠青云之志。"全篇洋洋洒洒，一气呵成，文采飞扬，气势磅礴，堪称中国文学史上的巅峰之作。

中国古典文学有着辉煌的成就。《三国演义》《西游记》《水浒传》《红楼梦》，虽题材各异，却各有千秋。所有人物个性鲜明，故事丝丝入扣。

身为旗人的老舍，不仅是小说家，还是剧作家。他从小生活在北京护国寺附近的小羊圈胡同，对底层人民的生活有着深刻的了解。这为他的文学创作提供了丰富的素材。《骆驼祥子》《四世同堂》写尽了人世间的辛酸苦辣、国破家亡的爱恨情仇。

从湘西大山里走出来的沈从文，对家乡怀有深厚的感情。他以纯真质朴的笔调，描述了一幅湘西小城的风情画。碧绿的青山，弯弯的小河，河上摆渡的老艄公和他的外孙女。小城风情悠悠，民风淳朴，所有人物都是纯良敦厚，热情豪爽，仗义疏财，乐于助人。一部《边城》把读者带到了古老的沱江两岸。

世界文学同样是星光灿烂，精彩纷呈。伏尔加河孕育了俄罗斯伟大的作家托尔斯泰。他的名作《战争与和平》《安娜·卡列尼娜》在带给人们痛苦回忆和思索的同时，也使人们的精神境界得到了升华。

法国作家雨果的《巴黎圣母院》《悲惨世界》同样是充满对人类悲悯的传世之作，人性的美与丑、善与恶在小说中得到了淋漓尽致的表现。

时间创造了科学。科学给人以富足体面的生活，也给人毁灭地球和人类自身的力量。时至今日，科学已到了该做减法的时候。移民火星和外太空是不现实的。学会做减法，为后代留下生存的资源和空间，不要让后人诅咒今天的祖辈。

高天上流云，有晴也有阴。时光就是在人群的分分合合中向前流淌。人世间的悲欢离合、恩怨情仇，给单调的时间增加了韵味，使时间变得灵动起来。没有人类的存在，时间是呆板而乏味的。没有时间的存在，人类将无法生存。人是最懂得珍惜时间的，时间和人类是最好的伙伴。

新年伊始，万象更新。一年之计在于春，一日之计在于晨。这些都是关于时光的描述。忙于生计、忙于社交、忙于娱乐之外，人还是应该留一点时间用来思考。

了解和学习别人的思想是重要的，独立思考也必不可少。不能让别人的思想完全代替自己的思想。没有思考的人生或许是轻松惬意的，但缺少了厚重感和底蕴。思想是人宝贵的精神财富。让人生勤于思考，让思考成就人生。

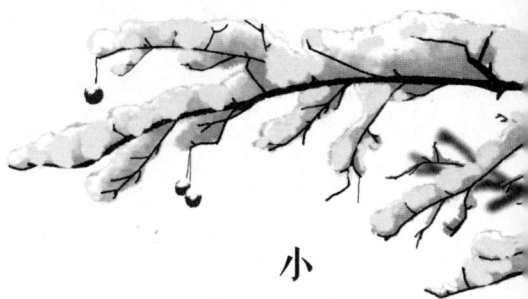

小说

湘黄传奇

话说万年之前，玉帝因天宫狭促，就想到人间一游。但因年事已高，不愿再受腾云之苦，就宣太白金星觐见。

太白金星见了玉帝就问："陛下宣老臣何事？"玉帝说："朕想修一条通往人间的甬道，一来可以乘车下界巡视，了解民间疾苦；二来朕可以宣召人间的忠臣孝子、节妇烈女，让他们到天宫游玩游玩。朕也能当面褒奖于他们。"

一旁的太上老君听了，想到以后可以坐车去看看下界多年未见的老朋友，还能用车把老朋友送的礼物运回来，就说："此事甚好，甚好。"

太白金星就说："陛下真是仁德之君，如此关心人间疾苦，有尧舜之风。臣等马上就去办理此事。"

太白金星是做事认真负责又有主动精神之人，想到玉帝下界须有行宫居住，又想到早先下界时，曾见徽州有一处山，很是清凉，就决定把天门修在徽州之处。于是，他叫千里眼来观看甬道走向。哪知那千里眼喝酒误事，竟把方向标错了。太白金星率领众天工，披星戴月总算修好了甬道。出得门来一看，竟是在西湘之地。那千里眼自知闯祸了，赶紧跪求太白金星不要禀报玉帝。金星老头儿一想，事已至此，处罚千里眼也于事无补，不如做个人情帮千里眼隐瞒了下来，也叫众天工不得传扬出去。于是，千里眼就用一年的薪俸请太白金星和所有天工豪饮了三天，还孝敬给太白金星不少金银珠宝。

甬道修好后，玉帝十分欢喜，就乘龙车凤辇去往人间。出得天门一看，脸色骤变，因为门外是一座巨大的石头秃山，便再命太白金星在此地修建个花园。

太白金星向玉帝奏道："陛下，此处乃人间之地，天工在此施工多有不便，也难有人间的韵味。须请人间之能工巧匠为之。"玉帝就问："何人可为此事？"太白金星答道："陛下，鲁班可当此任。"玉帝就奇怪了："鲁班乃木匠，怎可做得此事？"太白金星解释道："陛下有所不知，那鲁班虽为木匠，石工也是了得。先时，他在河北赵州修了一座石桥，张果老为了难为他，架独轮小车担泰山从上面压过，也未曾垮塌，只在桥上留下一道车辙。"玉帝听了就说："速带他到天庭见我。"

太白金星连忙去找鲁班，带他通过甬道来到天庭。玉帝见了鲁班，就把自己的意思说了。鲁班说："要做此事不难，可以岩石为枝干，以云霞为花叶，修成后以天水灌溉。此花园必为陛下所爱。"玉帝听了大喜："卿可速速去办，事成以后必有重赏。"

鲁班又说："此工程浩大，须大量劈石之工人。"玉帝说："卿可去人间招募，工钱吃住皆由天庭报销。"鲁班答道："陛下，此非凡人所能做，须鬼中会劈石者，才有此神力。"

于是，玉帝就命令钟馗，凡孤魂野鬼中会劈石者，一律不得捉拿，要以礼相待，带去给鲁班做工。钟馗接旨，便去办理不提。

鲁班回到家中，先辞别父老乡亲，又拜别了父母，告别妻儿，便去往那天门所在之地。妻子留在家中照料年迈的公婆和幼小的子女。

鲁班到了天门外，和众鬼并肩作战，日夜不停，十年间从来不曾回家一次。十年以后，花园终于修好了，果然是秋丹春碧，冬雪夏花，美不胜收。玉帝看了十分欢喜。鲁班就为那些做工的野鬼向玉帝邀功。玉帝想到众鬼的劈石之苦，就准他们下世投胎。众鬼欢欢喜喜地投胎做人去了。玉帝还要重赏鲁班，被鲁班谢绝了，然后他回到民间，继续为百姓做事去了。

那鲁班修园之时，太白金星就为玉帝在徽州一带选了一座山，在其中一座山峰上仿照天宫的模样修建了宫殿。此峰后来就叫作"天都峰"。而此山也成为玉帝在下界避暑疗养之所，凡人是不准上去的。这座山当年叫作"皇山"。

后来有一年，王母办蟠桃大会，佛祖、观音等各路神仙都来了。众仙饮宴之际，仙女们在殿前翩翩起舞，仙乐飘飘，热闹非凡。佛祖就对玉帝说："陛下，听说你在人间有一僻静之处，甚是美好，可否带我也去一观？"玉帝当即表示："如来想去，焉能推辞？"就带着如来和众神在天兵天将的护卫、宫娥仙女的簇拥下，来到皇山。

玉帝佛祖一行先在天都峰的宫殿里，享受人间美味，有清蒸鲈鱼、桂花大虾、东坡肉、叫花鸡、香椿炒蛋、凉拌黄瓜。佛祖和众菩萨、罗汉因不吃荤腥，另有素斋果品招待，清蒸芦笋、御膳豆腐、香菇油菜、炒三丝、糖拌西红柿、广东荔枝等，最后一道菜是佛跳墙。佛祖一听菜名，赶紧带着众菩萨、罗汉离了天都峰的宫殿，去别处游赏。

众菩萨、罗汉来到一座山峰的脚下，打算歇一歇。跟随过来的天兵天将马上准备好莲花宝座，又在石桌上铺好桌布，摆上西瓜、哈密瓜、白兰瓜，然后在紫色的夜光杯里倒满现榨的鲜果汁，有橙汁、桃汁、胡萝卜汁。大家休息好了，返回宫殿，和玉帝以及众神闲话聊天。后来，众菩萨、罗汉休息的这座山峰，就叫作"莲花峰"。

后来，孙行者几次大闹天宫，搅乱蟠桃会，踢倒八卦炉，把天庭搞得不可安宁。再后来，共工和祝融闹翻了，一怒之下撞倒了天柱。一时间，山崩地裂，浊浪排空。天为之倾斜，倒向一角。天庭也为之震动，损坏房屋无数。而通往人间的甬道有些地方被震落的巨石堵塞，有些地方被汹涌的洪水阻断。玉帝为此心情沉重。加之宫宇受损，天庭经济紧缩。因为没钱重修甬道，玉帝也没心思下界游玩了，天庭到人间的路也就被切断了。而天门外的花园，因为没了天水的浇灌，再也长不出茂密的枝叶，但石缝里仍能长出一些绿草和灌木，配上山石的颜色以及丛林般的石峰，却也别有一番景致。往日的天门还留下了一个巨大的穹顶。

后来，有强人聚集于此，呼啸山林，留下众多山寨。而今强人已不见踪影，但山寨还在。此地虽然不再有天水浇灌，但在人间雨雪甘霖的润泽下，也是清溪碧草，流水潺潺，树木葱茏，百花争艳，成了旅游胜地。据说，神笔马良到此几次想作画，总觉难得其神韵，弃笔而去。有人闻此于是感叹，作诗一首为证：

绿在石中岩作岭，

天门一洞到天穹。

青峰碧寨春时冷，

紫陌清溪夏意融。

钟烈不擒持斧魅，

鲁能何又镂崖工。

再嗟难画无颜色，

良叹投毫绘未终。

再说徽州的皇山，因玉帝不再来了，宫殿无人修缮，年深日久，也就没了痕迹。但当年宫殿所在的那座山峰仍被叫作"天都峰"。众菩萨休息的那座山峰，也还叫作"莲花峰"。如今，没有天兵天将的把守，凡人也能上山游玩。群山的名字后来也取其山色，改叫"黄山"。此山虽然不见了神仙，依然是美松奇石，云蒸雾漫，泉水清清，宛如天上人间一般。有人游玩至此，感念此山乃是当年神仙的住所，又见如此景色，作诗一首道：

二峰巍峰瀑泉湍，

石隐云山雾现峦。

松岭难能栖月露，

游人有幸到天寒。

且说天道断绝之前，玉帝经常下界。每次都要在天门外的花园里歇息。因花园四季俱有佳景，所以玉帝总在园内野餐。夏时享瓜果时蔬，春秋以鲜鱼肥蟹，冬至则烤鹿脯佐酒。因园中无鸟鸣，玉帝便命一凤凰入内，率百鸟歌唱，其美妙甚于天籁。玉帝与众仙每每流连忘返，大有乐不思蜀之意。歌兴浓时，凤凰引众孔雀化作美女翩翩起舞，玉帝看得如醉如痴，王母则面露不悦之色。

那凤凰因常在园中听众仙论道，天长日久便得到一些悟性。平日里自行修炼，已有了一些仙根，只要再多得众仙的点拨，再修炼百年，便可成仙得道。

等到共工撞倒天柱之后，玉帝不再下凡，花园因得不到天水的浇灌，园中之树不再开花结果，渐渐化作石峰。百鸟得不到食物，死的死，走的走，只有凤凰留了下来，希望有朝一日玉帝会带着众仙重新从天门走出来，花园会重新开满鲜花，她还能重新听到众仙讲道，修成正果。

因为花园里已经没有花和果实，凤凰得不到食物，只好幻化成一个年轻的姑娘。她在天门附近的山里用木头和茅草盖了一个简易的房子，种了一些粮食和蔬菜，过着自给自足的生活。起初的生活还很平静，不想周围的土地越来越贫瘠，许多山民为生活所迫落草为寇，当了强人。这些强人的头领知道山中住着一个美丽的姑娘，就前来骚扰，都要抢她去做压寨夫人。几伙强人还为了争夺凤凰而大打出手。凤凰没办法，只好在一个夜晚施法术使看守的强人昏昏睡去，然后逃离大山，来到沱江边上一个叫"乌鸡村"的村落。一个姓沈的渔民收留了她，后来凤凰就嫁给了姓沈的渔民。

那时候沱江的水是混浊的，村子周围的土地也是贫瘠的，四周都是荒山秃岭。村民做渔民打不到多少鱼，种地呢又收不到多少粮食，日子过得都很艰苦。凤凰接连生了几个子女，总是想办法让孩子过得好一点。她对乡邻也很友善，总是尽力帮助那些有困难的邻居。村里的老人小孩都很喜欢她。

凤凰很长寿，丈夫死去了，儿女都死去了，她还活着。村民们只说她心地善良，所以得以长寿。直到她的孙子孙女都成了老人，凤凰终于走到了生命的尽头。临终之际，她对后辈说道："我本是天上的凤凰，落难到了人间。我死后，你们把我的棺木沉到沱江里，我会保佑这里的。"

后辈们以为她是老糊涂了，没把她的话当真。凤凰死后，家里人披麻戴孝，在屋外搭了灵棚，摆上白纸扎的花圈。灵柩就停在家中的堂屋里。白天，家人们请了几个专做红白喜事的吹鼓手，在灵棚里吹奏。乡亲们纷纷前来祭奠，家里的小辈便跪下磕头，向来人答礼。中午和傍晚，灵棚里摆上了席，乡亲们照例来吃酒。到晚上，吹鼓手都回去了，留下几个小辈守灵，其他人也歇息了。

当天夜里，有外出的村民发现凤凰家的屋顶有五颜六色的光晕，连忙来找她的家人。家人来到停灵的房间，守灵的人都在打瞌睡。家人叫醒守灵的人，大家也看不出异常，便一起出得门来，看到屋顶果然有各色光晕，变幻无常。回到屋里，打开棺木，只见棺木里只有凤凰的羽毛，色彩鲜艳，闪闪发亮。家人这才相信凤凰说的是真话，于是重新钉好棺木。第二天一早，家人和村民把棺木从家里抬出来，小辈在灵前摔了瓦盆，打起招魂幡走在最前面。家人和村民抬着棺木跟在后面，再后面是家里的老人和女人，然后是吹鼓手，众村民殿后。送葬的队伍吹吹打打来到沱江边，设置好了祭坛，在祭坛上摆好各色祭品。接着，由家中长者领头焚香跪拜，之后把棺木沉入沱江。

从此以后，沱江的水渐渐变清，周围的山慢慢长满植被，土地也变得肥沃起来。村民的生活变得越来越好，乌鸡村也改名叫"凤凰村"。渐渐地，凤凰变成一个镇子，叫"凤凰镇"，后又发展成一个小城，就是今天的知名古镇——凤凰。沈家世世代代都住在凤凰，后来出了一个名人，就是著名文学家沈从文。凤凰也因为独特的风貌，吸引着四面八方的游人。有游客来到凤凰，坐在船娘划的小船上喝着当地的美酒，看着沱江两岸的风光，听船娘唱着古老的渔歌，于是诗兴大发，作七绝一首：

诎江悠远到湘边，

晓照桥廊日映船。

绿水无声诗有韵，

轻楼有黛画无胭。

共工的传说

话说万年之前，天上有十个太阳，时不分日夜，季不分秋冬。天气酷热干旱，百姓收成极少，苦不堪言。这时，一个叫后羿的青年猎手看到百姓很苦，就决心救百姓于水火。因为他极善射箭，就找到天下最会做弓的匠人，打造了一把天下最硬的弓；又找到天下最好的铁匠和最会做箭的人，做了九支极锋利的箭。他用这张弓和九支箭，把天上的太阳射下了九个，只留了一个。后羿命太阳白天出来，晚上落下。从此，时分日夜，季分春秋，沃野千里，水清潮平。百姓们终于过上了丰衣足食的好日子。

后羿成了天底下最伟大的英雄。于是，玉帝封他为弓神，王母还赐他一丸长生不老的仙药。他也得到了天下百姓的爱戴，很多年轻美貌的女子都倾情于他。最后，后羿娶了一个名叫嫦娥的女子为妻。

那嫦娥本是扬州人氏，貌美端庄，温柔贤淑，人又勤快，女红针线、缝补浆洗样样能干。嫁给后羿家后，她和公婆叔嫂相处得都不错，大家都很喜欢她。一晃五年过去，却不曾有一男半女。虽然后羿爱她如旧，公婆也不曾说过什么，但嫦娥心中很是不安，总想为后羿生一个儿子，于是就想到后羿托她保管的那枚仙药。她想既然是仙药，吃下去也许就会有孩子吧。嫦娥趁无人之际，把药丸吃了下去。谁知那药丸男人吃了长生不老，女人吃了却是得道成仙。吃下药丸后，嫦娥不由自主走出门外，飘飘然向西而去，一直飘到西海边，忽然腾空而起，向月宫飞去。从此，人间少了一位绝色女子，天宫多了一位举世皆知的仙女。

后羿出外打猎回到家中，见嫦娥不在，问及家人也无人知道，便出门打听，听得乡邻说妻子向西而去，他便按照乡邻所指方向一路寻去。

后羿向西找了三年，也没见到嫦娥的影子。他在西海边停留了很久。附近有一个废弃的破木屋，屋顶的棕榈已被风吹走了不少。晚上，他就来到屋中歇息。后羿心中想念嫦娥，辗转难以入睡。蒙眬之际，一位白衣老人飘然而至，身后跟着一个道童。只见老人鹤发童颜，白色的眉毛长长地向两边垂下来，胸前一缕长髯也是如雪一般。老人右手拿着一柄拂尘，站在后羿面前，口中念道：

玉剑森森向宇銮，

冰锋雪刃北枢寒。

羿如当日身来此，

帝自还娥药兔欢。

后羿连忙问道："老人家，您知道嫦娥在何处吗？"

老人回答："她已去了天宫，玉帝和王母收她做了义女，现居于广寒宫中。"

后羿听了，难过得低下了头。

老人见状，道："休要伤神，我有一法，可让嫦娥重回你的身边。"

后羿忙问："老人家有何妙法？"

老人答道："此去西边三千里的吐蕃之地有一天柱，天柱中有一柄玉剑。那玉剑本受天地之精华，经一亿五千万年炼化而成。你到了那里，会有一个叫共工的青年人帮你取出玉剑。只要得到这把剑，玉帝自会送嫦娥归来。"

后羿问："老人家说的是真的吗？"

"当然。你到那里后，我这徒儿会接待你的。你若到得早，便和他一起等共工到来就好。"

"此去西边，茫茫大海，如何渡得？"

老人回答："到时你自会知晓。我送你四句偈：遇水而舟，遇洞而宿，晓行夜寐，逢七不动。切记，切记。"

说完，老人把拂尘一扫，转身飘然而去。后羿还想追上去问个究竟，却猛然醒来，原来是南柯一梦。后羿对梦境将信将疑，出得门来一看，只见面前的茫茫大海已经变成一望无际的大平原。这一觉便是睡了五千年，沧海变为桑田。那梦中的老者本是元始天尊，因感佩后羿曾救民于水火，又怜惜他思念妻子之苦，有意帮他找回嫦娥。安排好一切，元始天尊自去云游世界，不再过问此事不提。

再说那嫦娥到达天庭后，发现天宫虽然锦衣玉食、仙乐飘飘，玉帝和王母也非常喜欢她，待之如亲生女儿，但生活寂寞清冷、枯燥难耐，不免思乡心切。虽然吴刚暗恋嫦娥，常偷偷送来桂花酒，但天庭宫禁森严，他也不敢越雷池半步。嫦娥时常暗中以泪洗面，七仙女有时也过来安慰她。嫦娥也曾有过回家的心思，但后来听闻七仙女中的小妹因爱慕董永下界，被王母派天兵追回，与董永隔在天河两畔，每年只能七夕相会，也就断了回家的念头，只得在广寒宫中终日与玉兔为伴。七妹在下界时，和人说起过嫦娥的故事，有人因此感叹，作诗一首：

天地长相隔，

清樨不解忧。

江南多苦雨，

滴泪是娥愁。

话说后羿醒来之际，在山东蓬莱某地有一个青年石匠，名叫共工，生得相貌英俊，身体健壮。他出自石匠世家，做得一手好石匠活儿。他为人孝敬父母，关爱乡邻，远近都有好名声。妻子温柔贤惠，儿女也都懂事听话。一家人其乐融融，过着安定的日子。

一天，共工刚睡下不久，眼前忽然出现一位须发皆白的白衣老人，手执一柄拂尘。老人问共工："你可知道后羿吗？"

共工回答："当然知道，他射下九个日头，是救民于水火的英雄。"

老人又问："现在后羿有难，你愿意帮他吗？"

"他有何难？"

"他的妻子嫦娥现在月宫之中，你可帮他找回他心爱的妻子。"

共工问道："我如何帮得了他？"

"此去西边吐蕃之处有一天柱，天柱内有一柄玉剑。你帮他取出玉剑，就能帮他找回嫦娥。"

"我如何能取出玉剑？"

老人没有正面回答，只道："你若肯帮他，回来以后，你和家人以及后代，都能封侯拜相，安享富贵。"

老人说完，转身飘然而去。共工正要追赶，却醒了过来，原来是一场梦。他看到床边有一把玉斧，还有一把玉凿。起床开门一看，门前的大山不见了，方知所梦不假。原来那老人是元始天尊的幻影。此梦乃是五千年前元始天尊预先设定，用幻影点醒共工去助后羿。

共工便把此事告诉家人。听说他要去帮助曾救苦救难的后羿，家人也非常支持。乡亲们听说此事后，纷纷来到共工家，都称赞他很了不起，并且送来很多盘缠，让他带着路上用。共工再三推辞，乡亲们坚持要表一分心意，他只好收下了。临走那天，家人和众乡邻送出十里之外，共工便独自上路了。共工前去天柱帮助后羿的事也被传扬得天下皆知了。

再说后羿。得梦中老人指点后，他便一路向西而去，却将老人告知的四句偈语忘得干干净净。他遇水不找船，运神力而过；逢七也不歇；碰到山洞，也不进洞休息。当他到达吐蕃天柱处时，共工距此还有五百天的路程。

后羿看到天柱附近有个窝棚，走近一看，发现里面有个小道士在睡觉，便把他摇醒。那小道正是元始天尊的小徒弟。他懵懵懂懂地问道："是共工吗？"

后羿回答："不是，我是后羿。"

小道揉了揉眼睛，仔细看了看后羿问道："怎么是你？你怎么到得这般早？"

后羿问："共工到了吗？"

小道说："还没有。"

"那他还需多久才到？"

小道算术就不好，又搞不清天地之间的时差，掐指一算说："哎呀，他须得五百年以后才能到得。"

后羿大惊："怎会如此！"

小道问道："你是不是按师傅的四句偈语做的？"

后羿这才想起元始天尊的话，答道："不曾做得。"

小道就说："是啊。你难道不知，洞中方一日，世上已千年。现在差五百年就算短的了。"

后羿听后如五雷轰顶，又问小道："那剑现在何处？"

"就在天柱之中。"

"如何取得？"

"须共工用他手中的玉斧玉凿，再运用石匠神功，方可取出。"

后羿万念俱灰，转身走出窝棚。小道不知后羿所想，也跟着出来。后羿想到今生今世也不能再见嫦娥了，心中悲愤，便向那天柱飞奔而去。小道追赶不及，只见后羿一头向天柱撞去。刹那间，地动天摇，只见那天柱碎成万千块大小碎石，一时间烟霾闭日，浊水排空。待尘埃落定，天柱的碎石已在方圆万里之内化作大大小小的石头山。原先沃野千里的田地、水草丰沛的草原都不见了。天也因支柱断裂，向一边倾斜。后羿本人也被埋在天柱附近的石山中身亡。那玉剑则沉入地下，只有剑尖还留在地面外，化作一座冰峰，闪闪发光。小道士见闯了大祸，怕玉帝怪罪，便逃去人间躲藏不提。

　　共工自离家以后，日夜不停地向西赶路。极度困乏时，便在路边找个遮蔽处睡上一觉，饿了就着凉水吃一口顺路买到的干粮。等他走到将入西川的边界，离那天柱还有五百天的路程。这时，他忽然感到一阵天摇地动，接着西边天际泛起满天的烟尘。共工不知发生了什么事，仍然向西赶去。那烟尘半月才散去。共工越走越感到荒凉，一路上都是寸草不生的石头山，人烟稀少，食宿都很困难。他又足足走了五年，才到达天柱所在之处，却发现天柱已经折断，只留下剑尖化作的冰峰，在日光下闪着寒光。

　　共工茫然之际，忽听身后有人作歌道：

嫦娥试药悔当时，

羿郎一怒天倾斜。

娲皇自当炼五石，

工身无过却负言。

　　共工一看，原来是一位身披红袍的僧人，便问道："法师，敢问你可知这里发生了什么事情？"那僧人答道："只因元始天尊的小徒算错时日，后羿以为见不到你了，一时冲动撞倒了天柱，才成了今天这个样子。"共工又问："后羿何在？"僧人指了指山脚下说："他被天柱的落石压住，就埋在那山的下面。"

共工哭道："我来晚了，是我害死了他。"僧人道："善哉，善哉。你已经尽人事了。他的死是天命，与你无关。你还是早早回转，与家人团聚去吧。"共工说："是我对不起后羿。他一个人在这里太寂寞了，我要留下陪他。"僧人道："这里荒凉冷漠，苦不堪言。你还是快快回家去吧。"共工回道："我意已决，再不回家。"僧人叹了一口气道："也罢，也罢。这也是你前世命定的。那后羿撞倒天柱，使方圆万里之田园变成荒山，死伤无数生灵。你既有意，不如皈依佛门。一来可留在此地陪他，二来你可普救附近受难的百姓，也可为他赎罪。"

共工听罢，便倒身下拜，皈依佛门。那红衣僧人便道："只要你潜心修炼，佛法将与时俱进，终将修得正果。不必挂念你的家人，他们将都得善果。善哉，善哉。"

说完，僧人身上的红袍滑落在地，乘上一朵祥云远去了。原来是如来前来点化共工，使他得前世之记。共工望空再拜，披上佛祖留下的红袍，按如来的教诲潜心修炼去也。

后来，天柱被撞倒的事情传到中原。人们不知晓内情，又都听说共工去天柱处取剑，便讹传为共工触柱而亡，撞倒擎天柱。而共工受到如来的点化，出家为僧，最终成了活佛，普救众生。共工虽没能帮后羿找回嫦娥，却替他承担了使无数田舍变成荒山、无数生灵遭受涂炭的"恶名"，保住了后羿的美誉。而共工的家人以及后代正如老人所言，封侯拜相，安享富贵。

数千年间，吐蕃与中原因交通阻断，人们少有来往，而天柱断处，更是不可到达之地。此间，经历了文成公主入藏，松赞干布修建布达拉宫。一千多年后，天地翻覆，常人才能到达天柱断处。这时的吐蕃已经叫作西藏，交通发达，有机场，有公路，还通了火车，既有山川壮丽、冰封千里的景色，又有波清水秀、五色缤纷的风光。有人来到天柱处，感念先人的宏伟、高山的雄壮，遂按"念奴娇"的曲牌填词一首：

玉峰西柱，不曾有，先古人何曾共。柱在天沿，才正是，工触山亡地恸。断壁森森，冰刀雪刃，欲至心惊悚。风雕霜刻，竟成天下王牟。

还忆公主生时，赞身亲去了，如花仪凤。锦帽貂裘，还忆到，从此红宫千纵，释地千寻。多西路去者，最齐穹拱，都随同愿，此生非枉如梦。

漓边小筑

"我昨晚梦到孔子了。"坐在对面的和平突然对我说。

六月，我跟和平坐在阳朔一个旅馆的阳台上。这个叫作"莲峰旅馆"的家庭旅社，就坐落在漓江边上。旅馆不大，小小一座两层楼，楼上楼下只有七八个房间。二楼有一个小小的阳台，正对着漓江。阳台用铁栏杆封住，顶上有一块厚而平的遮阳板。栏杆外还有一个不大的带墙裙的平台。平台右边和楼体相连，左边有一个直角拐弯。小平台上摆满了种着各式各样花草大小不一的花盆。隔着一条很窄的马路就是漓江河岸。河岸栽满了树，遍地青草。河的对岸隔着一条树的走廊，是一座接一座曲线圆滑的小山，山不高，却满目青翠。山与山之间是碧绿的田野。这也许正是桂林山水的独到之处吧。

阳台右手不远的地方就是阳朔的集市。那里有形形色色的旅游纪念品、各式服装，还有当地的土特产。或许是因为树多的原因，尽管游人很多，在阳台上也听不到喧嚣的声音。站在栏杆边，却可以看到逛市场的游人，他们在挑选各种商品，与商贩讨价还价，或是成交，或是空手而去。

这家旅馆和平以前来过。当他听说我又想去丽江打发时间时，就极力劝我来这里住一段时间。已经住了七八天了，大部分时间都是在这个阳台上打发的。阳台上有一张圆桌，还有几把折叠椅。旅馆的女主人每天都会准备几瓶开水，还有一些茶叶。但我不喝茶，只要一杯开水就可以，有时会冲上一杯咖啡。和平喝他自己的茶叶。他喜欢喝茶，夏天喝碧螺春或是猴魁，冬天则喝普洱或是冻顶乌龙。

我跟和平是多年的老朋友，都喜欢文学，又都是懒散的人。在今天这个快节奏、高竞争的社会，我们属于另类。不同的是，他喜欢写诗，古体诗、现代诗都写一些，再就是神话小说，偶尔也填一两首词。尽管他的古体诗常是平仄不合，而难得填一次的词也是格律不对，但他乐在其中。我则喜欢写一些散文、游记或是惊悚小说。

"你梦见孔子了？"我问。

"嗯。"

我笑了一下："听说过梦周公的，没听说过梦见孔子的。"

"我问了他两个问题。"

"问了什么？"

"我问他唐太宗李世民杀死了自己的兄弟，又软禁了他的父亲，为什么还是千古贤君？"

"第二个问题呢？"我又问。

"为什么关羽先降曹操，再归刘备？两叛之人，怎么成了忠义之神了？"

"他怎么回答的？"

"他好像说：无为而治，无为而治。先天下之忧而忧，后天下之乐而乐……"

我笑了："这好像都不是孔子说的吧。"

他也笑了："这只是个梦。"

"你经常思考这些问题吗？"

"不是，只是偶尔想想。"

我说："那就对了。经常想的一般很少出现在梦境中。我总是梦见小学的两个女同学，一个叫杨娟，一个叫林丽。杨娟是圆圆的脸蛋，大大的眼睛，有点薛宝钗的味道。林丽是瓜子脸，黑眉毛，高鼻梁，大眼睛。大人都说她是个美人。"

"是呀，我经常想的事情反倒梦不到。"他停了一下，又回到原来的话题，"我能想象李渊当时的感觉，听到李世民一天之内杀了胞兄胞弟时的恐惧感，也知道他的退位是迫不得已的。他在写退位诏书的时候，手肯定是颤抖的。试想一下，假如他不同意退位，李世民会怎么样？"

我说："李世民不会杀自己的父亲的，但可能会采取强制手段。他已经掌控了局面，谁也挡不住他。"

和平接着说："李渊也是个老人了。想象一下，一个老人一天之内失去两个儿子的痛苦。再想象一下，一个父亲受到儿子胁迫的痛苦。"

"李世民开辟了大唐盛世。"

"是呀，百姓只要盛世。只要有盛世，就算做出禽兽的行为，也可以当圣贤。不过你想过大唐盛世是怎么来的没有？"

"嗯？"

"大唐的开国之君是李渊，可不是李世民。是李渊结

束了隋朝的虚弱统治，实现了天下一统。大唐走向盛世
是必然的。中国的历史不就是这样吗？先是兴盛，然后
衰弱。衰弱导致战乱、分裂，然后再是统一、兴盛，周
而复始，循环往复。"

　　说到这里，和平停住了，见我不作声，又接着
说："谁又敢说，假如李建成继位的话，就不会出现盛
世呢？"

　　"历史是不能假设的。"

　　"历史是不能假设，但可以推理。李建成是长子，也
是李渊亲立的太子，对他颇为倚重。李渊是何等人物？
他能在隋末的复杂情况下，一枝独秀，统一乱局，肯定
是个很有头脑、很有眼光的人，城府一定很深。他会看
错人吗？他大概万万也想不到李世民会杀死自己的两个
亲兄弟。"

　　我说："李渊没想到，李建成和李元吉也同样没
想到。"

　　"李世民不但杀了两个亲兄弟，还斩草除根把兄弟两
家都灭了门，何等的残酷！就是刻薄如雍正，也没有直
接杀自己的兄弟，更没有杀他们的子女。"

　　停了一会儿，他又说："再说关羽吧。关羽先降了曹

操，又回归刘备。一个两次叛变的人，为什么成了代表忠义的神？"

我想了一下，说："也许是因为关羽心里一直有刘备，不是有句话，叫'身在曹营心在汉'。"

"那只是说辞而已。脚踩两只船，和忠义一点也沾不上边。如果这也算忠义的话，那伪军也可以说自己是身在曹营心在汉。"

我一时语塞，半晌慢慢说道："也许中国的老祖宗早就发现社会是矛盾的，人也是矛盾的。比如，我本人就是矛盾的。我既写散文，也写惊悚小说。正因为矛盾，所以故意找出这样两个人物，一个成了圣贤之君的代表，一个就成了忠义之士的代表。"

和平想了一下："你思考问题很快，好像说得有一定道理。我今天上午受梦境的启发，写了一首诗。"

"念给我听听。"

他动了几下桌子上的鼠标，对着屏幕念道：

屠兄犹弑弟，

囚父入愁隅。

却教丘夫子，

还为圣主乎。

先降归汉相，

再拜向玄孤。

今日临忠寺，

香烟也不殊。

我点点头说："嗯，还不错，把你困惑的两个问题都提出来了。而且孔夫子说的仁义礼智信，和他们两个确实有不大相称的地方。"

听了我的话，他又说："我最近还写了一首短诗。"

"什么诗？"

他没有正面回答："我前两天看到一只小船顺流而下，忽然有了这样的想象。我想象古时候这里有个秀才，准确地说是个进士。这个秀才考中了进士，坐船进京去参加殿试。秀才……"

我打断他："是进士。"

"对，进士。就说书生吧。这个书生坐着船一路过来，看着两岸的美丽风光，想着即将到来的美好生活，心情大好。书生本就是出身书香门第，诗礼传家，于是诗兴大发，做了一首诗。"

"什么样的诗？"

这次他没有看电脑，而是背了出来：

一水还从一岭岩，

山环水绕总相宜。

诗心若有连图韵，

纵墨犹淋绘秀漓。

我听完笑了："这样的诗我也会写。一岭也比一水高。"

"嗯。"他饶有兴趣地看着我道，"下面呢？"

"下面？"我想了半天才说，"我还没想好，你让我再想想。等明天，明天我告诉你。"

"好吧。看看你这个散文加惊险小说作家能不能也写首古诗。"

晚饭的时间到了。我们走出旅馆，来到街里，随便走进一家小饭馆。点完菜，只见门外走进一个女孩子。女孩叫小丽，在一家酒吧做事，我跟和平都认识她。我跟她打招呼。小丽走过来说："是你们俩啊，这么巧也在这吃饭。"

我说："是呀，一起吃吧。"

小丽说："那怎么好意思呢！"

和平说："吃顿饭有什么，一起聊聊天嘛。"

小丽听了，便在桌边坐下来。

我问她："酒吧生意还好吗？"

她说："挺好的，现在是旅游旺季。这里也不分什么旺季淡季，一年四季都有人。"

我说："对了，你喜欢吃什么？加个菜。"

她说："随便，都行。"

"给你来瓶啤酒吧？"

她笑了一下："不啦，晚上还要做事。"

"那喝什么饮料？"

"不用了，要杯水好了。"

我转身叫服务员，叫了一杯水，点了一个小丽爱吃的菜。

和平问小丽："你是南方人吧？"

"是啊。"小丽答。

"看你长得挺秀气的，身材又苗条，像是南方人。"

小丽笑了，没有一点不好意思，也没有一丝得意的样子，大概这样的夸赞听得多了。但她笑得很自然。

和平又说:"你们南方的女孩子都喜欢来这边做事?"

小丽说:"是呀,我们不习惯北方的气候,吃的也不习惯。再说这边离家近,想回去的话,坐车很快就到了。"

和平说:"我们那边做事的女孩子就是北方人多,不过南方女孩子也有。"

正说着,服务员开始上菜,我们边吃边聊,吃得差不多了,小丽提出要走,说酒吧还有事。我对她说:"没事,你忙就先走吧。"

小丽对我们笑了一下:"有空去酒吧坐坐。"

我跟和平都点头答应。小丽先走了。我跟和平继续在饭馆坐着。

又过了一会儿,我问和平:"晚上去酒吧?"

他说:"这几天老去,今天不了。"

"那去咖啡馆坐会儿,找一家安静一点的?"

"不了,你自己去吧,我今天回去歇会儿。"

我说:"好吧。"于是叫服务员买单。

和平回旅馆去了,剩我独自向另一条街走去。

第二天早上,我洗漱完毕,马上打开电脑。这已经是多年的习惯了。即使不能用电脑,我也要用手机收邮

件、写博客、发照片或是上网看看有什么新闻。我打开
邮箱，有一封和平的邮件。我笑了一下，心想搞什么鬼，
楼上楼下也发邮件。再看一下，是昨天夜里发的。打开
一看，邮件写道：

下午你开头的那首诗，后三句我已经有了：

一岭还凭一水迢，

丹枫浅映总妖娆。

寄言山畔流筋意，

绣卷何须锦线挑。